ドリームダスト・モンスターズ

眠り月は、ただ骨の冬

櫛 木 理 宇

幻冬舎文庫

ドリームダスト・モンスターズ

眠り月は、ただ骨の冬

目次

ホラホラ、これが僕の骨だ、
生きていた時の苦労にみちた
あのけがらわしい肉を破って、
しらじらと雨に洗われ、
ヌックと出た、骨の尖（さき）。

——中原中也『骨』

【藪から白骨化した遺体発見】

県警は7日、新鞍市西塚の藪中で5日の午後4時頃、白骨化した遺体の一部が見つかったと発表した。死因や死亡時期は不明で、9日に司法解剖をおこない調べる予定。

遺体は女性とみられているが、着衣はなく、発見場所付近に免許証や保険証など身元の確認につながるものは落ちていなかった。県警では遺体の身元特定を急ぐとともに、事故あるいは殺人・死体遺棄など事件との両面で捜査を進める方針。

（北新日報　20××年11月8日版より）

プロローグ

バスケットゴールのネットを、褐色（かっしょく）のボールがノータッチですり抜けて落ちる。スローモーションのようにゆっくりと、床に落下して跳ねあがる。

審判の笛が高らかに響きわたった。

試合終了を告げるホイッスルの音だ。市民体育館のギャラリー席から、ため息、歓声、舌打ち、そしてそのすべてをかき消す拍手が同時にわっと沸（わ）き起こる。

スコアは72対68。四点差で鐙田東（あぶみだひがし）高校の勝ちであった。

早くも選手たちは対戦相手に握手を求め、肩や腰をかるく叩（たた）いて健闘をたたえあっている。

整列の号令がかかり、両チームが並んで向かいあった。

「ありがとうございました！」

試合の興奮が冷めやらぬままに叫び、いっせいに礼をする。次いで相手ベンチの前で礼をし、さらに審判に礼、応援団に礼とお決まりの儀式がつづく。

その間に、顧問の教師たちは審判へと握手に向かう。勝った鐙田東の顧問は笑顔だが、相手方は大人げもなくすこし悔しそうだ。

二階のギャラリー席で柵に肘を突いて、

「葛城先輩、これで最後の試合だっけ」

と選手たちを覗きこみつつ言ったのは、鐙田東高校一年A組の等々力拓実だ。そうして隣で、

「そう。でも渋い顔してんなー」

と相槌を打つのは、同じくA組の蜂谷崇史である。拓実が肩をすくめた。

「引退試合のはなむけにしちゃ、二年生がふがいなさすぎたね。感動で泣くどころじゃねーぞって顔してる」

「まあそんなツラしたくもなるわな」

崇史が苦笑して、

「あんな格下相手に、ひやひやもんの試合だったじゃんか。イチが助っ人に入ってなきゃマジで危なかったんじゃねえの。ほぼ全得点にあいつが絡んだ上、シュートも半分以上打たすのってどうよ、だらしねえな」

「次の背番号四番て布留川さんだっけ。あの人、冴えなかったねえ」

「助っ人なしのレギュラーメンバーだけじゃ、今年は二回戦進出もあやういな」

と好き放題言いあうふたりに、

「――布留川先輩が仕事できなかったのは、向こうの七番が巧かったからよ」

ぼそりと言ったのは、崇史よりさらに長身の少女だ。

彼女は〝連れではない〟と主張するかのように、ふたりからやや距離をとって立っていた。膝丈のコートから伸びた脚がすらりと長い。中学のバスケ部を引退して以来ロングにしている髪が、マフラーに持ちあげられてふくらんでいる。

拓実がきょとんと尋ねかえした。

「七番？」

「そう。布留川先輩にずっとマンツーでついてたでしょ。もしあいつが山江をマークしてたら、ちょっとまずかったかもね。……昔からディフェンス巧かったけど、ますます相手に仕事させないＳＦになってるなあ」

「なに石川、あの七番知ってんの」

崇史の問いに、石川晶水はうなずいた。

「うん。だって同中だもん。もと新鞍中学の、松岡健太って子」

「へえ、そんじゃひょっとして親しかった？」

「そうでもない。同じバスケ部でも、男子と女子じゃいっしょに練習することもないしさ。試合のときは応援に駆りだされたけど、その程度」

「ならよかった」

大げさに胸を撫でおろすジェスチャーの崇史に、「は？」と晶水が眉根を寄せる。拓実が代わりにへらっと笑って、

「だってほら、もし石川に親しい男子なんかいたらあいつがうるさいじゃん」

と一階の試合コートを親指でさしてみせた。

なかば無意識に、晶水はその指が示す先を目で追った。

試合が終わったばかりのコートは、まだざわめきの中にある。汗と熱気がむっと立ちのぼり、ベンチから漂う制汗剤とあいまって、熟れたような妙な匂いを発している。

センターサークルに、頭からタオルをかぶった少年が立っていた。

背番号十一番。長身ぞろいのバスケット選手の中で、ひときわ目を引くほど小柄――いや、はっきり言ってしまえば「チビ」だ。バスケットシューズを履いた足が、体軀とは不釣り合いに大きい。腕も脚も細いものの、ばねのような筋肉がくっきり浮きあがっている。

まだ動きたりないとでも言うように、少年はセンターサークル内を踊るような足どりで歩いていた。ステップを踏み、首を振り、羽根のようにふっと回転する。

両チーム通して断トツの運動量であったのが嘘のように、疲れを感じさせない軽快なステップだった。

思わず晶水はその動きを目で追った。

視線に気づいたのか、タオルの陰から少年が目をあげる。途端に彼は両腕をあげ、

「いっしかわ！」

と叫んだ。

バスケ部助っ人こと、鐙田東高校一年A組の山江壱（やまえいち）である。

「勝ったよ石川！　どうだった？　おれかっこよかった？　ねえねえねえ！　石川あー！」

両手をぶんぶん振ってわめく壱に、帰りかけていた保護者たちの目が自然と集まる。次いで少年が呼びかけている相手――晶水に、

「まあ、いいわねえ」

「微笑（ほほえ）ましい」

「ラブラブなのね」

と言いたげな生あたたかい視線が向けられる。

晶水は穴があったら入りたかった。違います、そんなんじゃありませんと大声で怒鳴ってやりたいのはやまやまだった。しかしそんな真似（まね）をしたら、それこそ恥の上塗りだともわかっている。代わりに晶水は顔に血をのぼらせ、その場にうずくまった。

だから彼女は、見なかったのだ。

ベンチからコートに駆け戻った松岡健太が、山江壱の腕をつかみ、耳もとでなにごとかささやいたことに。健太がにやりと笑い、対照的に壱の眉がふっと曇ったことに。

ようやく晶水が立ちあがったときには、すでにふたりは離れていた。そしてすぐ横の拓実と崇史が、

「いやー、冬も近いってのに相変わらず熱いね」

「熱い熱い。コタツいらず」

といらない追い打ちをかけてくる。晶水はふたたびその場にしゃがみこみ、膝をかかえた腕になかば顔を隠しながら、

「……それ以上言ったら、わたしは泣くしあんたらも泣かす」

と赤い顔でふたりを睨(にら)みつけた。

市民体育館を出ると、すでに世界は薄闇(うすやみ)に包まれつつあった。

十一月ともなるとてきめんに日が短くなる。さすがに真っ暗ではないが街灯はともり、行き交う車のほとんどがライトを点(つ)けて走っていた。テイルランプの赤が、やけに鮮明だ。

バスで来たという拓実と崇史とは正面玄関で別れ、晶水は壱と駐輪場へ向かった。

入り口付近は、マナーを破って鼻づらを突っこむように駐(と)められた自転車でごったがえし

ている。その車群を大きく迂回し、奥に駐めた愛機へと向かう。

開錠して表通りへ出ると、すでに壱は自転車にまたがって待っていた。「ごめん」と一言ことわって、

「ねえ山江、これからおうち寄ってってていい？」

と晶水は言った。

むろん目当ては壱――ではなく、彼の祖母である山江千代のほうだ。

昨年母を亡くして父とふたり暮らしの晶水にとって、千代は数すくない「無条件に甘えられる相手」であった。ここ最近は、実の祖母より近しく感じてしまうことさえあるほどだ。

なにより山江家の人びとは、少女にとって恩人であった。

はんなりした京言葉をあやつる、いつも和服姿の凛とした老婦人、千代。千代が営んでいる『ゆめみや』という奇妙な商売。そしてそれを手伝う孫の壱。

半年前、彼らに晶水は助けられた。

母の死後繰りかえしみる悪夢をときほぐし、そこから解放してもらったのだ。以来、彼女は「千代を手伝う壱の、そのまた手伝い」のようなことをはじめ、いまに至る。

さらには千代に料理を教えてもらい、お惣菜をおすそわけしてもらい、あまつさえ冠婚葬祭のマナーやら、家事のこまかなノウハウまで伝授されている。

晶水の父は優秀だが世俗のことにとんと疎く、この手の雑務ではまるであてにならなかった。母が亡くなってからというもの、晶水は学業と家事と雑用にきりきりまいさせられてきた。

そんな晶水にとって、山江千代はいまやなくてはならない存在だった。彼女は母同然であり、祖母であり、同時に師であり友人だった。

「千代さんから、いつか煮魚のこつを教えてもらうって約束してたんだよね。でも十月は学校の行事が忙しくて、なかなか遊びに行けなかったじゃない」

だから今日どうかな、と言う晶水に、

「え、あ」

と壱が目線を泳がせた。

「今日は、ちょっと……えっと、ごめん」

晶水が目をしばたたく。

「忙しいんだ？」

「んー、そういうわけでもないけど」

壱にしてはめずらしく歯切れが悪い。いぶかしく思いながらも晶水は手を振った。

「いいよ。いきなり言ったこっちが悪いんだもん。じゃあ明日ならどう？」

「あー、えっと」

ハンドルを握ったまま、壱が顔を伏せる。

そして晶水の顔も見ず自転車ごと方向転換すると、

「ごめん。しばらくだめかも。ごめん、ほんとごめんな」

「え——あ、山江？」

ペダルに足をかけるが早いか、壱はぐんぐんと漕ぎだし、のっけからトップスピードでその場から走り去ってしまった。

あとに残された晶水は、啞然とその背中を見送るほかなかった。

わずか数分で濃さを増した宵闇が、長身の少女を押し包む。駅へ向かうだろうバスが、軽油くさい排気ガスを浴びせて去っていく。

ぽつねんと立ちつくし、晶水は低くつぶやいた。

「なにあれ……」

第一章　北風は往還を白くしてゐた

1

冬がやって来ようとしている。

陰鬱な灰白色の空のもと、銀鼠いろの瓦屋根がずらりと並ぶ北陸の冬だ。いまは黄に橙に色づいている街路樹も、あと半月もすればすっかり葉を落として裸の枝を晒すだろう。

重苦しい雲からは氷雨が銀糸のように降りそそぎ、気温がさがるにつれて、やがて雪へと変わるはずだった。

マフラーに顎を埋めた女子高生たちは白い息を吐き、子供たちは長靴で霜柱を踏み割って歩き、サラリーマンたちはコンビニの前で肩をすくめてホットコーヒーを啜るだろう。

パウダースノウではなく、水分をたっぷり含んだ重い雪の冬。消雪パイプで足もとがべしゃべしゃに濡れる冬。缶の金属くさい自動販売機のコーンスープと、ちくちくする毛糸のセーターの冬。除雪車の音で目覚め、早朝の天候に一喜一憂する冬――が、目と鼻の先まで訪れつつあった。

「アキ、おうちのほう、ほんとにだいじょうぶ？」

首をかたむけて、涌井美舟が言った。

「だいじょうぶ。明日土曜日だから、おとうさん出社しないもん。平日だったら朝は戦争だけど、休みの日ならメモ書き見ながらゆっくりやればいいしね」

親友の問いに、晶水はそう答えてうなずいた。

「朝ごはん、用意してきたんだ？」

「冷蔵庫の中にね。レンジであっためて食べてって何度も言い聞かしてきたし、手順も書き残してきたからへいき」

「えらいねえ」

美舟がため息をついた。

晶水のすぐ脇を、自転車通学の学生が走り過ぎていく。真っ向から寒風を顔に受けているせいか、鼻と両頰が真っ赤だ。

ふたりは肩を並べ、学校からの帰路をたどっていた。道の右手は傾斜のきつい丘陵で、左側には細い川が陽光を弾いて光っている。

春から夏にかけて緑の絨毯であった河原は、いまは芒の群生で埋まっていた。風が吹き、河原いちめんに金いろの波をかたちづくる。この芒の季節が終われば、あとには冬枯れのさびしい風景がひろがるのみだった。

晶水は口をひらいて、

「ていうか、そっちこそいいの？　トシん家泊まるの中一んとき以来だけどさ、お店のほう忙しいんでしょ」

「忙しいのは親だけよ。いまはパートさんが三人いるから、あたしが店の手伝いに入ることなんてめったにないしね」

　美舟が肩をすくめる。

「トシ」とは美舟の渾名である。晶水の記憶では、小学校三年のときの担任が「涌井の親御さんは、黒澤映画のファンか？　三船敏郎って知ってるか？」と皆の前で訊いたのがきっかけでこう呼ばれるようになった。以来、友達も後輩も「トシ」、「トシ先輩」と呼ぶし、本人もいやがることなくふつうに返事をする。

　ちなみに老舗食堂『わく井』を経営する美舟の両親はべつだん黒澤明のファンというわけではないらしく、

「おじいちゃんがつけたのよ。よく知らないけど、画数がいいんだって」

　とのことであった。

　ふいに、高台から突風が吹きおろした。少女たちの髪がはねあがる。制服のプリーツスカートが揺れ、マフラーがあやうく吹きとばされかける。

　思わずその場に立ちすくみ、

「うわっ」

「寒っ」

口ぐちに言いながら、ふたりは右手の丘を見あげた。

細く急な石段が、傾斜のてっぺんまでつづいている。春には薄紅の霞に包まれる桜並木も、いまは剝きだしの枝だけをみすぼらしく晒している。

その向こうに、紺の作業着を着た背中が点々と見えた。右へ左へと、忙しげに立ち働いているようだ。長い棒か杖のようなもので、しきりに枯れた草原をつつきまわしている。

なんだろう、と晶水は目をすがめた。しかし美舟の、

「アキ、早く帰ろう。風邪ひいちゃうよ」

という声ですぐに気がそれた。

「うん」とうなずき、晶水は肩掛けのバッグを揺すった。中に詰めた〝お泊まり一式〟が、ことりとかるい音をたてた。

「ごめんね。無理言って来てもらっちゃって」

自室のベッドに腰かけて、そう美舟は眉をさげた。

風呂あがりの美舟は上下パイル生地のルームウェアに、洗いたての髪をターバンのように

タオルで巻いている。

「ううん。お泊まりなんてひさびさだから楽しみにしてたよ」

晶水は答え、ベッドによじのぼった。

彼女の格好も、すぐ横の親友と似たりよったりだ。違いといえば美舟のルームウェアは玉子いろで、晶水はうすいブルーだということくらいか。

小学生時代からバスケをやっていただけあって、美舟も晶水も長身で手足が長い。美舟は一六九センチ。晶水はさらに高く、一七五センチある。そのふたりが並んで脚を伸ばすと、セミダブルのベッドでもせまく感じられた。

「去年のいまごろなんて、またこんなふうにゆっくりできる日が来るなんて想像もできなかったもん」

晶水は吐息をついた。

「たいへんだったよね」

「そりゃもう」

「人の十年ぶんは苦労しちゃったんじゃない」

「ん。ほんとそんな感じ」

なにしろ母が交通事故で死んでからは、ごたごたつづきだったのだ。

母の葬儀、自分の入院、そしてたび重なる膝の手術。やっと退院したと思えば、今度はお寺や近所との付きあいを強いられ、さらには扱いのむずかしい父の世話に追われて、気の休まる間もなかった。

一年経ってようやく生活ペースに慣れ、こうして時間のやりくりができるようになったことにわれながら感動してしまう。

「ヒナも来ればよかったのにね」

晶水の言葉に、美舟がかぶりを振った。

「あたしもいちおう誘ったんだけどさ。でもあの子ん家、門限九時らしいのよ」

「うわ、そりゃ無理だ」

抱えたクッションに晶水は顔を埋めた。

ヒナとは同じクラスの橋本雛乃の愛称だ。バスケとは縁もゆかりもない小柄な子だが、なんとなく仲良くなって、いまはしょっちゅう三人でつるんでいる。

「ねえ、クリスマスってどうする？」

美舟が言った。

晶水は肩をすくめる。

「どうするもこうするも、うちは例年どおり不二家のケーキに、ケンタのチキンクリームポットパイとビスケットよ」

「そっか、アキのおとうさんてケーキは不二家しか食べないんだっけ」

「そう。でもケーキだけじゃないよ。アイスはハーゲンダッツで、チョコとココアは明治オンリー。パスタも素麺もうどんも蕎麦も乾麺から茹でたのでないとだめで、食パンは八枚切りでないと認めない、って人だもん」

　ああわが父ながらめんどくさい——と慨嘆する晶水に、美舟は「あははっ」と声をあげて笑い、ベッドに倒れこむ。

「あたしだったら、アキのおとうさんのお世話は無理だな。三日でつぶれちゃうよ」

「そうかな」

　晶水は首をかしげた。

「トシのほうがよっぽどうまくやれそうだけど。昔からトシって、たいがいのことは器用にこなしちゃうじゃん」

「そんなことないって。それにアキみたいにその場で怒れるタイプじゃないと、あのおとうさんとの付きあいはむずかしいと思うね。あたしは溜めこむほうだからだめ」

　とかぶりを振って、

「それにほら、あたしストレス溜まると、湿疹出る体質だから」

と美舟は苦笑した。

晶水は抱いていたクッションをおろして、

「あー、そういやそうだったね。でも小学六年生あたりがピークだったでしょ？　いまはきれいになったよね。痕もぜんぜんないし」

「ううん、ましになったってだけよ」

美舟がルームウェアの袖をまくり、腕を伸ばしてみせた。

「完治したわけじゃないもん。いったん出ると何箇月も消えないから、あたしもがんばって対策してんの。くっさい漢方飲んだり、お風呂あがりに汗かかないようにしたりさ。汗とか皮脂ってお肌によくないんだよね」

ふと短い沈黙がおりた。

晶水は壁かけの時計をちらと見あげた。

短針は10と11の間を、長針は6をすこし過ぎたところを指している。いくら明日が土曜で休みとはいえ、あと一、二時間もすれば本格的にベッドへ入らなければならない時間帯である。

「ねえ、トシ」

つとめて声を抑え、晶水は言った。

「――それで、悪い夢って、どんな夢？」

そう、これが本題だった。

四日前のことだ。かたわらの親友に晶水はラインで「ねえ、週末って泊まりに来てもらえないかな？」と突然持ちかけられたのだ。

「たぶんだいじょうぶだと思うけど、なにかあるの」と晶水はレスポンスした。

しばしの間、美舟はメッセージをかえしてこなかった。

やがて逡巡（しゅんじゅん）の果てのように、

「なにかってほどじゃないし、こんなのほんと馬鹿みたいなんだけど」

と前置きして、

「最近いやな夢ばっかりみるんだよね。ひとりで寝るの、いやになっちゃって」

と美舟はレスを送ってきた。

液晶に表示されたその文字列を見て、晶水は即答した。

「わかった。泊まりに行くね」

——と。

そうしていま、晶水は涌井美舟の部屋にいる。

小学生のころから何度も出入りしてきた部屋だった。女子バスケット部にふたりが入部したのは小学三年生のときだ。その年ちょうど同じクラスになったこともあり、以後はずっと親友のような、相棒のような、戦友のような関係を保ってきている。

はじめて晶水がこの部屋に入ったとき、あの窓際のパソコンデスクはまだ学習机だった。本棚には小説の文庫本ではなく、学習ドリルや少女漫画が並んでいた。家具が入れ替わり、ブラインドがカーテンになり、ベッドが子供用のシングルからセミダブルに変わるのを、晶水は彼女のすぐそばでつぶさに見てきた。

その美舟の部屋が、今日ばかりはなんだか他人のもののように感じられた。気のせいか居心地の悪い——本心から安らぐことのできない場所に思えた。

悪夢。

——いやな、わるいゆめ。

胸の内でそうつぶやいて、いま一度晶水は重ねて問うた。

「いやな夢って、いったいどんな夢をみるの」

答えはなかった。

美舟はすこし顔をそらし、

「ごめん」

と言った。

「ごめん。たかが怖い夢程度で呼びつけるなんて、へんだよね。ほんと、自分でもどうかしてると思う。ちいさい子供じゃあるまいし、高校生にもなって夢が怖いなんて、馬鹿みたいだってわかってるんだけど——」

「ううん」

即座に晶水は否定した。

「そんなこと思わない。だってわたしも、母親が死んでからずっとそうだったもん。いやな夢ばっかりみて、毎日夜中に飛び起きてたよ。寝不足で、でも誰にも言えなくて、頼れなくて、自分がどんどんすり減っていくような気がした」

つい半年前まで、その悪夢はつづいていた。事故の夢だ。二度と戻れない、取りかえしのつかない母の死にいたる夢。解放されたのは、山江壱との出会いによってだった。

晶水は顔をあげ、

「だからわたしは、へんだなんてぜんぜん思わないよ」

と美舟を見た。

ひどく間近でふたりの目が合う。どちらもそらさなかった。やがてぽつんと、

「——蛇の夢」

と美舟がつぶやきを落とした。

額にそっと掌をあてる。

「蛇と、骨の夢よ。すごく気味が悪いの。みるたびにぞっとする」

「いつも同じ夢？」

「うん、たいていいつも同じ」

美舟は首肯して、

「起きると『ああ、またあの夢』って思うんだけど、夢の中じゃそうは思わないの。いつみても怖くて、いやだいやだ、逃げたいって、汗びっしょりになって目が覚めるのよ」

「トシって蛇が苦手だったっけ」

晶水の問いに、美舟は眉根を寄せた。

「そりゃ、そんなに好きじゃないけど……でも、どっちかっていうと蜘蛛のほうが苦手。ふだんは蛇がどうこうなんて考えたこともなかったよ。と言っても最近はこの夢で、大っ嫌いになってきつつあるけどね」

美舟がぎこちなく笑う。

晶水もわざと茶化すように、

「そういえば夢占いなんかだと、蛇って縁起いいんじゃなかったっけ。ほら、金運がどうのこうのってさ」

と言った。美舟が笑いかえす。

「それって白蛇とかじゃないの。あたしが夢にみるのは黒っぽい緑の、ふつうの蛇よ。ぬめっとしてて、鱗が冷たそうなやつ。大きさは――どれくらいかな。全長一メートルくらい？　ううん、もっと大きいかも」

　両手で、彼女は自分の腕を抱いた。

　心なしか顔いろが白っぽい。晶水はその肩に手をまわした。引き寄せて、耳もとでささやく。

「だいじょうぶ。眠れそう？」

「うん、今日は」

　美舟はうなずき、微笑んだ。

「……アキが、朝までそばにいてくれるもんね」

2

　十一時近くなって、美舟の母親が部屋に「夜食よ」とお盆を持って顔を出した。

　おむすびがふたつに、お吸い物にお新香。おむすびは『わく井』名物の牡蠣めしを結んだもので、お新香とお吸い物はどちらも蕪菜と蕪の実だった。

「こんな時間に食べたら太るー」

「トシはまだいいじゃん。わたしなんてもう部活もやってないのに」

と言いながらも、ふたりともしっかり食べた。

腹ごなしにとまたしゃべりだし、中学時代の昔ばなしにまでさかのぼって、はっと時計を見ると日付が変わっていた。

歯をみがきなおし、生がわきの髪に交代でドライヤーをあて、部屋に戻る。

すでに時刻は午前一時近かった。

「電気消すよ」

「うん」

ベッドに並んで横たわる。あかりを消してすぐは真っ暗に感じるが、やがて目が慣れ、カーテン越しにうっすらと月の光と街灯の明るさがわかってくる。

すぐ横で美舟がもぞりと動いて、

「……一晩じゅう、アキとしゃべって起きてるのもいいかと思ったんだけど」

と低く言った。

「やっぱ無理。ここんとこずっと睡眠不足だったから、目ぇ開けてらんないや」

「うん、寝ちゃいなよ」

晶水は答えた。

「手握っててやろうか」

「いいよ、それはさすがに気持ちわるい」

「だね」

くすくす笑いが聞こえた。耳もとに息がかかってくすぐったい。

「おやすみ、アキ」

「おやすみ」

応(こた)えて、晶水は目を閉じた。

風が鳴っていた。

びょうびょうと、笛のように哭(な)く風だ。こういうの、なんていうんだっけ、とぼんやり晶水は思った。

——ああそうだ、虎落笛(もがりぶえ)。

竹垣や塀の隙間に吹きつけて、楽器のように鳴る冬の風のことだ。いまにも消え入りそうに細く高く、さびしい音であった。

晶水はあたりを見まわした。

墓地だった。古い墓石が高低さまざまに立ち並んでいる。ほとんどは磨耗(まもう)して家名すら読みとれなかった。いまにも倒れそうに傾いた卒塔婆の文字も、やはり墨が滲んだように薄れている。

ふと、風が変わった。

笛にも似た高い音が、唸るように低まっていく。いや、これは風ではない。そう気づいて、晶水は耳を澄ました。

――お経だ。

母の葬儀や、初七日や、四十九日でも聞いた声だ。彼女は首をめぐらせた。

小石だらけの地べたに、僧侶が座っていた。

晶水からは後ろ姿だけが見える。くすんだ金の袈裟をかけた僧は、一心に読経していた。

僧侶の眼前には、白木の棺桶が据わっていた。

いつの間にか、僧侶の背後には何十もの人びとが座していた。葬儀だ、と晶水は思った。

冬の景色の中、墓地で、凍りつくような地べたに皆が膝をついての葬式だ。読経の声がつづく。ほかには寂として、声もない。

また風が哭きだす。からからから、とどこかでかるい音がする。風車のまわるような音だ。でも、違う。違うとわかる。

これは、骨の音だ。

棺の中で骨が鳴っている。からからから。激しい冬の風で棺が叩かれ、そのたびに振動で揺れて鳴る。からからからから。

これは夢だと晶水は確信していた。ひどく浅い眠りの中でみる、あざやかなほど明晰な夢だ。頭のどこかで、意識がしっかりと目覚めている。

――蛇と、骨の夢よ。

――すごく気味が悪いの。みるたびにぞっとする。

美舟の声が鼓膜の奥でよみがえった。

目を閉じて、ひらく。その瞬間、かたりと棺桶の蓋があいた。

骨だ。晶水は確信した。

しかし違った。のったりと棺桶から這いでてきたのは白い骨ではなかった。ぬらりと青黒い、そして、触れたら冷たそうな――。

蛇だった。

一匹ではなかった。ひどく緩慢に、ぞろぞろ、ぞろぞろと這いだしてくる。

僧侶は微動だにしない。読経が切れ目なくつづいている。蛇の群れが地面をのたくり、身をよじって匍匐してくる。葬儀の参列者もやはり、動かない。

数えきれないほどの蛇だった。もつれあい、絡まりあい、共食いしているものさえいた。

ねじれ、嚙(か)みつきあい、蛇玉となって棺桶からぼとりと地に落ちる。牙が白く光った。

声をたてちゃいけない。なぜか晶水はそう思った。掌で、自分の口をふさいだ。

――声をあげたら、〝骨〟に気づかれる。

気づかれたらどうなるのか、そこまではわからなかった。が、なにか恐ろしいことが起こりそうな気がした。それは確信めいた予感だった。

だがそのとき、参列者の一角がざわめいた。

ようやく蛇の存在が見えたらしい。膝を崩して立ちあがる者がいる。裾(すそ)を叩いて、蛇を払い落とそうとする者もいる。

声をあげないで。晶水は願った。

骨に知られる。わたしたちがここにいると、気づかれてしまう。

が、願いを裏切るかのように悲鳴があがる。

かん高い声だった。無数の蛇が、いっせいに鎌首(かまくび)をもたげる。ああ、と晶水は絶望する。

棺桶ががたがたと激しく揺れた、蓋が落ちる。ずるりと白いものが、棺から身を乗りだす。

蜘蛛の子を散らすように、わっと人びとが逃げだした。

僧侶は動かない。読経はまだつづいている。晶水もまた、動けずにいた。背すじがふいに、ちりっとする。

彼女は振りむいた。

灰いろの墓石の上に、和服姿の老婆がちんまりと座っていた。

膝の上に両手を置き、じっとただ座っている。右の額から頬にかけて、赤いものがべっとりと流れている。あれは血だろうか、それとも。

風が哭いている。いつしか蛇も骨も、晶水の意識からは飛んでいた。彼女はただ老婆だけを見つめていた。足がすくんでいる。逃げたい。でも体が言うことをきかない。

老婆がにやりと笑った。

いやな笑いだ。悪意を感じる。濃密な、それだけに得体の知れない悪意だった。

皺（しわ）深い額が、もぞもぞと蠢（うごめ）いている。虫でも潜んでいるかのような蠢動（しゅんどう）だった。晶水の目がその一点に吸い寄せられる。

刹那、老婆の顔の皮膚がべろりと剝（は）がれた。

晶水は悲鳴をあげた。

――そして、はね起きた。

眼前に薄闇があった。

真夜中だ。見知った部屋だ――。ああ、そうだ、今日は美舟の家に泊まったんだった、と思いだす。額の寝汗をぬぐい、晶水はすぐ横の美舟をそっとうかがった。

視線が合った。

一瞬、ぎくりとする。美舟は両の目をあけて、晶水を見かえしていた。白目がやけに光って見える。おびえに、うっすら濡れている。

「……トシ」

しわがれた声が洩れた。

「夢、みた？」

「みたよ」

枕に頭をもたれさせたまま、美舟が低く答える。目覚めたばかりだというのに、疲れたようにゆっくりとまぶたをおろす。

「いつもの夢だった。枯れた野原に、蛇がいて、骨があって……それと」

「怖いおばあさんが、あたしを見てた」

彼女は言った。

3

「ウイルスみたいに、夢が伝染ることってありますか？」

晶水が言うと、山江千代は戸惑ったように目をしばたたいた。

ところは壱と千代の住む、やや背の低い二階建ての古家である。銀鼠いろの瓦屋根に、玄関や窓の格子と飾り入りの磨り硝子（ガラス）が、見る者になんともレトロかつモダンな印象を与えた。

戸口の横にかかった黒地の看板には、金泥で『ゆめみや』の四文字が書かれている。

夢見屋――山江家が、代だい営んでいるという家業の名であった。

「そうねえ。ときと場合によるかもしれへんねえ」

千代は頬に手をあて、あいまいな返答をした。

今日の彼女は黒地に霞縞（かすみじま）の粋（いき）な紬（つむぎ）に、すっきりと塩瀬（しおぜ）の帯を締めている。齢（よわい）七十の坂を越えたはずだというのに、物腰とたたずまいになんとも上品な色香が漂っていた。

二階の西陽があたる一室で、晶水は千代と壱と向かいあっていた。

土壁に畳敷きの和室だが、籐（とう）製の家具や硝子のロウテーブル、真鍮（しんちゅう）の二灯シャンデリア等のインテリアが和洋折衷（せっちゅう）の独特な空気をつくりだしている。

千代がハーブティーを淹（い）れてくれている間に、晶水はかくかくしかじかと説明をした。

美舟の家にひさしぶりに泊まったこと。彼女が悪夢をみること。その夢を、なぜか自分までもがみたらしいこと。

話がひとくぎりついたところで、

「……ウイルスとかじゃなくても、涌井と石川なら同じ夢をみることって、ふつーにありえんじゃないかな」

と、壁にもたれて膝をかかえていた壱がぼそりと言った。

晶水が思わず訊きかえす。

「え、どうして？」

「だって小学校んときからの友達なんだろ。ずっとそばで同じ体験してきてるわけじゃん。だったら夢の材料だって同じのが蓄積（チクセキ）されてきてるわけだし、べつにおかしなことじゃないよ」

あいかわらず壱は、ちょっとむずかしい単語を発するとき奇妙なイントネーションになる。

晶水は重ねて問おうと彼を見た。

が、なぜか壱はふいと目をそらした。

彼らしくない仕草だった。いつもならその真っ黒い大きな瞳で、逆に晶水がたじろぐほどまっすぐに見つめてくるだろう場面だ。

いぶかしく思う晶水に、千代が孫の台詞（せりふ）を補完するように口をひらく。

「つまりね、夢というのんは、自分の中にある手持ちの材料――つまり過去の体験と記憶と情報と、そのときの心持ちとを使ってつくりだされるものでしょう。アキちゃんとその子は、ええと」

「小学三年生からの友達です」

「ということは九歳ね。いまが十六歳ですから、まるまる七年間をともにしているわけやね。大人の七年より、子供の七年のほうがはるかに密度が高いものよ。それまでの情報量がすくないぶん、体験を通して脳内に積み重なっていく情報と、記憶の共有ぶんもずうっと大きくなるの」

老女は急須に手を伸ばし、晶水の湯呑へお茶を注ぎ足した。あらたなカモミールの香りが、ふわりと室内に満ちる。

「そこへくわえて、夢は外的条件に左右されやすいのね。電話が鳴ってる夢をみて、目が覚めたら顔のすぐそばで目覚まし時計が鳴ってた、なんてことがあるでしょう」

「ああ。よくあります」

晶水がうなずく。

千代は微笑して、

「その夜のアキちゃんは、お友達のその子の家に泊まりに行っていた。しかも長年付きあってきた、とっても親しいお友達ね。共有してきた体験と記憶があって、その日は同じベッドで寝ていたから環境も同じ。脳内の材料と外的誘因が一致してるんやから、同じ夢をみてもとくに不思議はないわねえ」

「そう……なんでしょうか」

どことなく拍子抜けした気分で、晶水は言った。

なんだかそう言われてしまうと、ごくあたりまえのことのような気がしてしまう。

千代が目を細めた。

「もちろん同じ人間ではないから、夢のディテールは異なるでしょうけどね。でも大筋が同じ夢をみることなら、じゅうぶんありえることだとわたしは思いますよ」

晶水はこめかみに指をあてて、

「えっと、夢の原材料はわたしの記憶と経験なんですよね。それはわかります。お墓とお葬式については、母親のときの経験がもとになってるのかな。蛇と骨は、寝る前にトシから聞いてたから夢にみたのかも。そこまでは納得できるんです」

眉宇（びう）をひそめた。

「でも、あのおばあさんはなんなんでしょう。あれはわたしの知らない人でした。知らないけど、怖かった。なにかの象徴だとしても、意味がわからなくて」

「ああ、それは――」

千代が言いかけたとき、隣の寝間の襖（ふすま）が、がらりとあいた。

反射的に晶水は目をあげ、そしてぎょっとした。

そこに立っているのは、千代と同年輩かふたつみっつ年上と思われる老爺だった。

頭髪も口髭も真っ白だ。どうやらいままで寝間で眠っていたらしく、らくだの股引とたるんだランニングシャツ一丁という格好である。

だが晶水が驚いたのは、彼が下着姿だからではなかった。

その歳にしては、彼はずいぶんと引きしまった体をしていた。そして肩も、首も、腕も、手の甲にいたるまで、絢爛な藍と朱とでいろどられていた。

老人は、見事な刺青を背負っていたのである。

タトゥーなどという現代ふうの言葉は似つかわしくなかった。まさしく刺青としか言いようのない、和彫りの大物であった。

呆気にとられている晶水の横で、

「鉄じい。若い女の子のお客が来てんだからさ、シャツいっちょーで出てきちゃだめでしょ」

と壱が立ちあがり、衣紋掛けにあった半纏を手渡した。

「おう、悪い悪い」

鉄と呼ばれた老爺が、笑いながら半纏に袖を通す。

「ごめんな、お嬢ちゃん。今日は昼間っからここん家で寝かせてもらってたんだ。歳食ってきて眠りが浅くなるとろくでもない夢ばっかりみるが、なんでかこの家じゃあ、ぐっすりと眠れやがる」

　このへんの方言ではない、鉄火な言葉づかいだった。

「こんな紋々は背負っちゃいるが、やくざじゃねえから安心してくれ。おれぁ、もとは宮大工をやってたんだ。目が悪くなって引退したがね。おれらが若い頃は刀鍛冶だの鳶だの研ぎ師だの、職人で刺青を入れてるやつはまだちらほらいたもんだが、最近じゃあやくざにしか見られなくなっちまった」

　からからと笑って彼は千代のほうを向き、

「なあ、おれにはふつうのお茶をくれよ。あんたのハイカラ好みは、おれにはちょいとついていけねえ」

　と苦笑した。

「わかってます」

　千代もほのかに笑いかえし、ほうじ茶の茶筒をあけた。

　半纏を肘までまくりあげ、あぐらをかいている鉄老人を思わず晶水は横目でちらちらと見やった。あまり見ると失礼なことはわかっている。が、どうしても目がいってしまう。

怖くはなかった。みっともないとも、悪趣味だとも思わなかった。

若い男が腕や肩のあたりにタトゥーを入れているのを見ると「なにあれ、馬鹿みたい」と思うことは間々あった。しかしいま目の前にある刺青は、それらとは次元が違った。しろうと目にもはっきりわかった。

まくった袖から、朱彫の大ぶりな花びらが手首のあたりまで散っている。背景の藍のぼかしは、どうやらむら雲のようだ。鱗らしき緑がわずかに覗いている。あれは龍だろうか、それとも大蛇か。

そう思った途端、なんとはなし晶水はぎくりとした。

――蛇。

息を飲んだ気配に気づいたのか、鉄が湯呑を置いて晶水を上目づかいに見る。

「どうした、お嬢ちゃん。そんなにおれの紋々が気になるか」

「あ、いえ」

晶水は口ごもって、

「きれいだな、と思って」

と正直に口にした。

老爺が嬉しそうに相好を崩す。

「だろう。こいつは名人彫久(ほりひさ)の遺した逸品だ。龍の血をひく英雄龍王太郎(りゅうおうたろう)の、かたき討ちの図柄だぜ。おい千代さん、このきれいなお嬢ちゃんに、おれの太郎をちいっと自慢させてくれねえかね」

「ちょっとだけね。あんまり長くはだめですよ」

千代が苦笑いする。

「かてえことは言いっこなしだ。なにしろおれが寿命でくたばったら、もう誰にもこの太郎は拝めりゃしねえんだ。かといってどこぞの大学医学部の標本みてえに、皮だけ残すってえのも御免だしな。せめて生きてるうちに、若い別嬪(べっぴん)の目に映しておきてえじゃねえか」

まるで香具師(やし)の口上だ。立て板に水で言いたてながら、鉄はばっと半纏を脱いだ。ランニングシャツも脱ぎ捨て、くるりと背中を向ける。

思わず晶水は目を見張った。

老人とは思えぬ筋肉の張りつめた背中いちめんに彫りこまれているのは、龍と武士の図柄だった。

正確に言えば、大小を差した武士の体に龍が巻きついている図だ。戦いに髪を乱した武士は右手に鏡をかざしており、そこには美女の白い顔が映っていた。

龍の鱗が緑に光っている。かっとあいた口から覗かせた舌と、蛇腹と、爛々(らんらん)とした目は紅(あか)

い。背景は雷雲なのか風なのか、藍が濃淡ぼかしで煙っていた。左の脇腹には、『彫久』の銘が入っている。

武士と龍のまわりには大輪の牡丹が咲き誇り、両の腕は散った花びらとむら雲が主で、右腕には雷光と炎が朱彫りであしらわれている。だが左腕には雷も炎もなく、ただ風になびいた短冊に「鉄、みつ二人キリ」と文字が彫りこんであるのみだった。

「みつは、死んだ女房の名でね」

照れたように鉄は笑った。

千代が横から口を添えて、

「この図柄の龍王太郎というんは、人間の男と龍の化身との間に生まれた子なのよ。その図柄は親のかたきである龍討伐をしている場面よ。持ってる鏡に映っているのは、龍の正体である女妖術師の姿。鏡は母親の形見なの」

鉄がうなずく。

「おう、彫久お得意の『鱗もの』の代表格さ。やつぁ龍だの蛇だの、鯉の滝のぼりだのを彫らせたら天下一品だったな。鱗ものを彫ると金まわりがよくなるなんて言うもんで、いつ行っても客が引きもきらなかった」

「確か、息子さんが二代目の彫久を継いだんやなかったかしらね。信州の彫勇会にお呼ばれしたとき、会うたことがあるわ。二代目も確か、同じように龍やら蛇が得意だったような」

「ああ、まあな」

　鉄は渋い顔になって、

「だが、あの二代目はものにならずじまいだったぜ。腕は悪くなかったがな。仕事より三度のメシより、飲む打つ買うが先んじちゃ、どうにもならねえや」

「ならずじまいって、二代目はまだ四十代なかばでしょう、これから持ちなおすかもしれないやないの」

　千代が首をかしげる。

　鉄は顔をしかめて手を振った。

「知らねえのか？　二代目彫久は何年か前に死んだぜ」

「あらまあ」

　千代が目をまるくした。

「そうだったの」

「ああ。まあその前から、刺青師としちゃとっくに死んだようなもんだったがな。女癖だけならまだしも、酒で手が震えるようになってからは彫るのも刺すのも助手まかせだったってんだから。まったく、『がまん』をほどこす刺青師のてめえが、いちばんがまんがきかねえんじゃあ、どうしようもねえさ」

鉄はため息をついた。

話についていけずに目を白黒させている晶水を見て、

「お嬢ちゃんみてえな堅気の子は知らねえだろうが、上方じゃあ刺青のことを『がまん』と言うんだよ。なあ千代さん」

と老人は笑った。

千代がうなずいて、

「そりゃもう、体に墨だの朱だのの異物を入れるわけですからね。白血球やらリンパ球が必死に抵抗するもんで、毎日四十度近い熱が出るのんよ。それをわざと肌のやわな痛いところへ彫りこんで、自慢するなんて文化もあったくらいでねえ」

わたしにはようわかれへん世界よ、と嘆息する。

そんな千代を後目に、

「だから半ちくな筋彫りしか残してねえ野郎は、がまんがきかなかったとすぐわかるって寸法さ。イチ、おまえも銭湯やなんかでそんなやつを見かけたら、鼻で笑ってやれ」

と、鉄は手を伸ばして壱の頭をぐりぐり撫でた。

壱が大きな目をさらにまんまるくして、

「ねえ、前から思ってたんだけどさ。鉄じい、なんで胸のここは彫んないの？」

と、いたって無邪気に鉄老人の胸乳の間を指す。

鉄の体には、胸の縦中心だけを細く白く残して、左右非対称の緻密な刺青が彫りこまれている。遠目に見ると、まるで両肩に藍の着物をひっかけているかのようだ。

鉄はにやりとして、

「刺青にはいろいろと暗黙の決まりがあってな。たとえば首まわりに数珠(じゅず)をぐるりと彫るとするわな。そしたら珠をひとつふたつ抜いて、白いとこをちょっと残すもんなんだ。きっちり完全に一周させせると、数珠が首を絞めつけて早死にしちまうと言われてるんだよ。ま、一種のジンクスだな。迷信だ」

と言った。

それから彼は晶水のほうを向いて、

「それとこいつはジンクスじゃあねえが、お嬢ちゃんみたいにすらっと大柄で色の白い女は、刺青映えするらしいぜ。絵を描くキャンバスとおんなじだ。真っ白で、広くて、なめらかなのがいいのさ」

「はあ」

どう答えていいかわからず、晶水はあいまいに首肯した。

誉め言葉らしいのはわかったが、べつだん嬉しくない。鉄老人の刺青がいくら見事でも、自分の体に彫る気はさらさら起きなかった。とはいえ台詞に反していやらしく感じないのは、おそらく彼の人徳というやつであろう。

鉄老人は半纏をふたたび着込むと、

「まあこんな調子で、しばらくこのへんをのたくってるつもりだ。よろしくな」

と、ぬるくなった茶をがぶりと呷(あお)った。

4

「蛇かあ。蛇といえば真っ先に思い浮かぶのはマムシ山かな」

雛乃が紙パックのいちごオレを啜りながら言った。

一年C組の教室は、昼休み中のけだるいざわめきに包まれている。

女子生徒たちは友達同士で机を寄せて弁当を食べ、男子生徒は机に突っ伏して仮眠したり、はたまたさっさとグラウンドへ遊びに行ったりとさまざまだ。

いつもどおり晶水は、美舟と雛乃と三人で昼食をとっていた。

雛乃は購買のパン、美舟は食堂『わく丼』の特製弁当、晶水は父の好みに合わせた弁当と、これまた毎日まったく変わりばえがしない。

「あそこ昔っから、マムシが出るから近寄るなーって言われてたじゃない。ほんとに出るのかどうかは知らないけど」

「ああ、うちの親も言ってた」

美舟が同意する。

晶水もうなずいて、

「わたしも言われた。でも親じゃなくて、近所のおばさんから聞いた気がするな。『マムシに嚙まれたら、毒が全身にまわってすぐ死んじゃうのよ』って脅された」

家に戻ってそれを話すと、「だいじょうぶ、いまは血清があるから死にゃしないよ」と父が言い、母に「そういう問題じゃないでしょ」と叱られていた記憶がうっすらある。

「あ、そうだ」

雛乃が唐突にぽんと手を叩いた。

「あのさ、マムシ山で何年か前に白骨死体が見つかったことがあったじゃない」

「ああ、そんなのあったね。五、六年前かな」と美舟。

「死体だっけ。脚の骨だけじゃなかった？」

と晶水が首をかしげる。

「見つかったのはね」

と雛乃は思わせぶりに言葉を切って、

「それがさ、この週末、マムシ山にまた捜索隊が入ったんだって。例の骨の残りが落ちてるようだって、たまたまボール拾いに入った人から通報があったみたい」

と声をひそめて言う。

美舟が「へえ」と言い、晶水は「あ」と口をあけた。

「どうしたの、アキちゃん」

「わたしその捜索隊、見かけたかも。金曜の学校帰りにトシと歩いてるとき」

「え、ほんと？」

美舟が目を見ひらく。

「うん。遠目にだけど、鑑識っぽい紺の作業着の人たちが、マムシ山の藪を棒で突っついてるのが見えたもん」

「あいかわらず目がいいねえ」

あたしはぜんぜん気づかなかった、と美舟が吐息をつく。

通称、マムシ山。

山と呼ばれてはいるが、実際は藪の茂った小高い丘だ。石段に沿うようにして桜並木が植わり、その奥に家が一軒ぽつんと建っている。春になれば花見に絶好のスポットなのだが、ちょっとでも騒ごうものなら住人からきつい苦情が入るとかで、昔からなんとなく敬遠されてきた屋敷であった。

「落ちてた骨の残りって、前に採取しきれなかった骨がまだ残ってたってことかな」

晶水が言う。

雛乃がちぎったクリームパンを口に放りこんで、

「かもしれないし、脚以外の部分がまたあらたに捨ててあったのかもしれないね。そのへんのことは、くわしい発表がないからわかんないみたい」

「もし後者だったら、犯人はまだこのへんにいるってことか」

美舟が箸（はし）を置き、眉をひそめた。

雛乃が「ねえ」と身をのりだして、

「犯人のことも気になるけどさ、とりあえず〝マムシ山と白骨死体〟っていうほうがひっかからない？　つまり、蛇と骨だよ。ね、もしかしたらトシちゃんの怖い夢って、この事件に関係してるんじゃないの。ひょっとして昔、なにか目撃しちゃってたとか」

となぜか勢いこんで言う。

晶水は呆（あき）れ顔で美舟を見やった。

「意外とヒナ、この手の話好きだよね」

「そうそう。猟奇っぽい事件とかけっこうくわしいの」

「うん、じつは嫌いじゃない」

雛乃はあっさり認めた。

「それより、いいなあお泊まり会。ねえ、次はぜったいわたしも行くからね。次こそ親を説得してみせるから。わたしもアキちゃんといっしょに寝たーい！」

と力説する雛乃に、美舟が「……最近この子、どんどん本性出てきてない？」と晶水の肘をつついた。


今日も風が強い。

晶水と美舟がめいめいコンビニのホットコーヒーを手にして店を出ると、駐車場にぐるりと立てられた幟が、風に煽られてちぎれんばかりに揺れていた。いかにも強度のなさそうなプラスティックの竿が、弓のようにしなっている。

ミルクだけで砂糖なしのコーヒーをふうふう吹いて、

「……山江がさ、近ごろへんなんだよね」

ぼそりと晶水は言った。

「避けられてるってほどじゃないんだけど、なんかぎこちないっていうか、目を合わしてくれないっていうか」

「ふーん」

「ふーんって」

気のない美舟の応答に、晶水は口をとがらせた。しかし美舟は涼しい顔で、

「気になるなら山江に訊けばいいじゃん」

「でもこっちから言いだすのって、自意識過剰っぽくない？」

「そう考えることが、すでにじゅうぶん自意識過剰っぽい」

ぐうの音も出ず、晶水は黙った。

コーヒーを片手に歩きながら、美舟が言葉を継ぐ。

「そういや知ってる？　神林（かんばやし）さんが女バレやめて、男子バスケ部のマネージャーになるかもって噂だよ」

「えっ」

思わず晶水は歩を止めてしまった。

神林佐紀（さき）は晶水たちと同じ一年Ｃ組の女子生徒だ。女子バレー部は三年が抜けて部員ががたっと減り、部が存続できるかあやうい状態だと以前耳にした。

佐紀たちはやめる様子がないと思っていたが、ついに彼女も見切りをつけてしまったということか。しかし、部を移るにしたって――。

「まんべんなく球技系の助っ人をやってるとはいえ、結局のとこ、山江の本分はバスケットだもんね。マネージャーになれば、晴れて神林さんも堂々と山江のお世話ができるって寸法よ」

美舟が言った。

晶水は眉根を寄せて、

「マネなら、べつに山江ひとりの世話をするわけじゃないじゃん」

「そうだけど、大義名分はしっかりできたじゃない」

美舟が肩をすくめる。

晶水の脳裏に、ふっと神林佐紀の顔が浮かんだ。

身長一七五センチの晶水より、山江壱は十センチ以上背が低い。さらに佐紀は壱より十センチ前後低い。

女子バレー部とは思えないほど小柄で華奢（きゃしゃ）で、アイドルのようにくるんと目の大きなかわいい子だ。学年を問わずひそかに男子生徒に人気が高いと、何度も噂を聞いたことがあった。

そして。

——そしてたぶん、山江のことが好きだ。

だからだろう、佐紀は妙に晶水に対して当たりがきつい。こっちがちょっとたじろいでしまうほどに、あからさまに「あんたが嫌い、邪魔」という感情をぶつけてくる。でもそのストレートさがまた、

「素直じゃない自分なんかより、よっぽどかわいらしい」

と晶水には映ってしまう。いろいろな意味で、相手にするとつい気おくれするタイプの子であった。

——あ、だめだ。なんか鬱（うつ）ってきた。

晶水は頭を振ってマイナス思考を振り落とすと、数歩先を歩く美舟に小走りで追いついた。

「それよりさ、トシ」

「ん？」

「……例の夢って、まだみる？」

「ああ、うん」

美舟の眉が曇った。

「みるよ。あいかわらず——ううん、変わらずじゃないな。だんだん映像がはっきりしてきてる。最近は、寝るのがいやになってきちゃってさ。夜中に必ず起きるし、そのあとはなか

なか寝つけないまま朝になっちゃうし」

「体、つらいでしょ。頭痛は？」

「するよ。ずきずきくる痛みじゃなくて、頭全体が鈍くぼうっと痛む感じ。ロキソニンでなんとかごまかしてるけど、そのうちほんとに湿疹がぶりかえしそう」

「朝練はどうしてるの」

「まだ体育館問題がごたごたしてるから、いまは朝練なしよ。どのみち地味な筋トレばっかになっちゃう時期だしね。先輩たちもあんまりまじめに来ないから、それに合わせて部活自体ちょっとさぼりがちだな」

こんなんじゃだめだよね、と美舟は深いため息をついた。

その横顔を眺めて、晶水はしばし考えこんでいた。やがて、意を決したように口をひらく。

「あのさ」

つとめて重い口調にならないよう、晶水は言った。

「明日でも明後日(あさって)でもいいから、山江のとこ、行ってみない？」

言い終えてから、ああ結局こうなるんだな、と彼女は思った。

話題をそらしたはずだったのに、とどのつまりはこうして山江壱のところへ回帰してしまう。てきめんに、美舟が怪訝(けげん)な顔をした。

「は？　なんでそこで山江が出てくるのよ」

「あー、ええと」

頭の中で言葉を探す。

が、うまい説明は思いつかなかった。もういいや、一から十まで話してしまえと覚悟を決めて切りだす。

「いままで黙ってたけど、じつはあそこん家って、ちょっと変わったお店をやっててね……」

5

「あらそう、アキちゃんのお友達なの。よく来たわね、いらっしゃい」

「え、あ、はい」

楚々とした和服姿の老女に歓待され、美舟は戸惑ったように目をぱちぱちさせた。

「長いことバスケやってるだけあって、やっぱりすらっとしてるわねえ。ふたりとも美人さんやし、そうして並ぶと華やかだこと。それに比べて、なんでうちのイチはこういつまでもちびっこいのかしらね」

と千代が慨嘆する。

その背後で壱が「チビは禁止ワードだって言っててんじゃん、ばあちゃん」とぶつくさぼや

く。

「あのこれ、つまらないものですが」

美舟が『わく井』の名が入った箱を千代へ手渡した。

よそさまの御宅へうかがうときは手みやげを欠かすな、と常日ごろから親の薫陶を受けて

いるのだ。

ちなみに箱の中身は老舗食堂名物の出汁巻きたまごである。芯までふわふわで、噛みしめ

ると出汁とともにほのかな甘みがじゅわっと口中に滲む。この出汁巻きだけをわざわざ買い

求めに来る客も多いという、一日二十本限定の品であった。

「あらあら、これはまた、なによりのものを」

千代は声を弾ませた。

「さっそく今晩いただきますわね。ほしたらわたしもお茶菓子を奮発しなくちゃあ」

袂を口にあて、うふふと可憐に笑う。

「じつはね、『船橋屋』のあんみつが食べたくて食べたくて、お取り寄せしてしもたのよ。

つくづくええ時代になったわねえ。インターネットで申しこんだら、翌日にはもう宅配便で

着くのよ。さ、お茶を用意しますから、ふたりは二階で待っとってね。イチ、あんた案内したげなさいな」

さあさあ、と手を振られ、美舟はなかば呆然としつつ「はい」とうなずいた。気抜けしたように、おとなしく壱のあとについて歩く。

急勾配の階段をなかばまでのぼったところで、美舟は振りかえって晶水に顔を寄せた。

「……なんか、山江のイメージと違う。ほんとに実のおばあさん？」

「わたしも最初はそう思った」

まじめくさった顔でうなずきかえし、晶水は「さ、行こ」と親友の背中をあらためて押した。

濃い煎茶とくず餅入りのあんみつをいただきながら、美舟は千代から〝夢見〟についてひととおりの説明を聞かされた。

「ええと……悪夢の中に入る、んですか。つまり千代さんが、あたしの頭の中に入るってこと？」

たったいま得た情報を、脳内で反芻するかのように繰りかえす。

千代の話はこうだ。

まず人の悪夢について問いただし、寝かせてから、眠りの中に入って解きほどく。もつれた髪をくしけずるがごとく、櫛の歯がすんなりと通るようになるまで梳かしていくのだ、と。

抽象的な説明だった。でも実際そうとしか言いようがないよね、と晶水は思った。

非科学的な事柄というのは、言葉を尽くせば尽くすほどうさんくさくなっていくものだ。

「解釈はまかせます」とばかりにぽんと放りだしてみせる千代の語り口は、逆に不思議な説得力を感じさせた。むろんこれは千代本人の一種独特なたたずまいあってのことで、万人にできる業ではないが。

のろのろと、美舟が晶水に首を向ける。

「アキもそれを、この家でやってもらった――んだよね？」

「うん」

晶水は首肯してから、

「あ、言っとくけど、べつに騙してもからかってもいないからね。ここだけ聞くと突拍子もない話だけど、誓ってほんとうなの。あと、おかしな宗教でもないから。トシにありがたいお水買えとか、印鑑買えとかそういうのも言わないから」

と慌てて付けくわえた。

「ああ、うん。それはわかってる」

美舟が言った。

「アキがあたしを騙すわけないもんね。春ごろに山江に会ってから、急にもとのアキに戻っていったのもそばで見てきてるし——それに」

ぐるりと室内を見わたす。

「なんでかな。この家の雰囲気のせいだと思うけど、ここにいるとなんでも信じられる気がする。うまく言えないけど、窓の外とは微妙に世界が違う感じ。オブラートみたいに、薄い膜が一枚張ってるような」

「信用してくれて、ありがとう」

やんわりと千代が微笑んだ。

「でもね、わたしは手助けするだけよ。夢はあくまであなたのもので、みるのもあなたですからね。あなた自身が解いて、ほぐしていくの。わたしはその横で口添えしたり、夢に過剰におびやかされないよう見守っていくだけ」

「あぶないことはないんですよね？」

「ええ。そのために、ふたり一組でやるのよ」

千代はうなずいた。

夢見の作業は、基本的に分業であると彼女は言う。

本来ならば千代の亭主が相棒だが、長期の入院中であるため、いまは孫の壱が代わりをつとめていた。相談者の眠りにいっしょに落ちた千代を、頃合いを見て〝ひきあげ〟る役だ。ふたりぶんの意識を表層までひっぱり戻し、強制的に覚醒させる大事な役目であった。

「えっと、さっきの説明だと、過去の体験と記憶と情報と外的誘因が一致すれば、同じ夢をみることもありえるってことでしたよね」

思いだし思いだし、美舟は言った。

「外的誘因て、たとえばどういうのを言うんですか？」

先に答えたのは壱だった。

「ふつーに考えて、音か匂いかな。あとはまぶたを閉じててもわかる光とか。とにかく寝てても五感が自然にとらえちゃうような、なんかの要素だと思う」

「そういうことね」

千代が首を縦にして、

「たとえば雷なんかが典型的よ。あれは目をつぶっていても稲光が感じとれるし、音も聞こえるでしょう。激しい雷雨の夜は、大人も子供もようけ悪夢をみるもんです。ほかには犬の吠(ほ)え声、新聞配達のバイク、赤ちゃんの泣き声なんかも引きがねになるわね」

と言った。

あんみつをすくっていた匙を、つと盆に置く。

「はじめに言っておくけど、蛇が夢に出てくるからといって、それがほんとうに昔見た実物の蛇とは限らへんのよ。夢は捏造はせえへんけど、ぎりぎりまで誇張や歪曲をしますからね。たとえばトシちゃんが過去に『ねちっこくて蛇みたいな人だ』とちらっと思った人が、青大将に姿を変えて夢に出てくる、なんてことはよくありますの」

「連想だったり、ちょっとした想像がもとになっていたり？」

美舟が問いかえした。

「そうよ」

千代が肯定する。美舟はため息をついた。

「だったら夢解きって、考えうる限りのありとあらゆる可能性を考慮しなくちゃいけないんですね。すみません。なんかたいへんなことをお願いしちゃったみたい」

「いいえ」

と千代はかぶりを振った。

「確かに単発の夢ならむずかしいわ。けどトシちゃんは、その夢を毎晩繰りかえしみるんでしょう。それを『脳のＳＯＳ』だと仮定するならば、ヒントは夢の中にようさんちりばめられているはずですよ」

「脳のSOS……ですか」

「ええ。脳はあなたに、夢を通してなにか訴えかけたいことがあるのんね。でも生の素材のまま伝えては来ぇへんの。そういうものなのよ」

千代は孫息子を振りむいて言った。

「それじゃあイチ、お寝間にお布団敷いてちょうだいな」

6

「ねえ、山江もおばあさんといっしょに〝入る〟の？」

寝間に敷かれた布団の横へ膝をついて、美舟は不安げにそう訊いた。壱が答える。

「おれか、もしくは石川がね」

「アキが？」

美舟が目を剝く。

「うん、わたしのは真似ごと程度だけど」

と晶水は言葉を濁した。

美舟はしばらく考えこんでいるようだった。千代は急かさず、じっと待っている。美舟が

やがて顔をあげて、

「ごめん山江」

　と壱を片手で拝んだ。

「こんなこと言って、ほんとごめんね。でもやっぱり……あたし、まかせるなら山江よりアキのほうがいい」

「わかった」

　あっさりと壱がうなずく。

「んじゃ、おれは枕もとで待ってるな」

「ごめんね。気悪くした？」

「んにゃ、してねーよ。知ってる男に頭ん中覗かれるなんて、女の子はいやだと思うのがふつうなんじゃん？」

　彼は肩をすくめて、

「でも万が一あぶなくなったらおれも〝入る〟から、そのときはカンベンな。だいじょぶだよ、おれはたいして視ないから」

　と請けあった。

並べてのべられた敷布団に、制服のまま美舟が横たわる。晶水が手を伸ばして、脚にタオルケットをかけてやった。

美舟の隣には千代が寝る。少女の手をとってそっと握り、目を閉じるよううながす。美舟はまだ逡巡している様子だったが、晶水をちらと見あげて、

「お願い」

と唇のかたちだけで告げて、ようやくまぶたをおろした。

晶水と壱は、ふたりの枕もとで待つ。壱は蹲踞(そんきょ)の格好で千代と美舟の寝顔を覗きこみ、晶水は膝をやや崩して待ちかまえた。

安らかな寝息が聞こえだした。美舟の呼気は浅く、千代のそれはやや深い。ふたりの胸が規則正しく上下していた。

「へんな感じがする」

ふっと晶水は吐息をついた。

「よく知ってる相手の夢に入るって、なんだか罪悪感あるね。なんていうか……覗きみたいで」

「わかるよ」

壱はうなずいた。

「けど夢って意識のそうとう表層のほうだしさ。深いとこまで勝手にめくって覗き見するわけじゃないから、そこんとこ割り切っていいと思うぜ。それに石川と涌井だったらラポールがとっくにできてる関係だから、おれなんかよりずっとやりやすいだろうし」

「ラポール……。ああ、心のつながりのことだっけ。信頼関係、みたいな」

「そう。リラックスして感情を出せる関係ってやつかな。ふつーは医者と患者の間で使う言葉らしいけど、まあおれらも広ーく言えば夢のお医者さんみたいなもんじゃん」

言葉を切って、壱が前傾姿勢になった。

「そろそろかも」

晶水も、眠っているふたりを見た。閉じたまぶたの下で、眼球が激しく動いている。美舟の寝息が心なしか荒い。

「石川、手」

「ん」

ごく自然に、差しだされた手を握る。

目をつぶる。

ほぼ同時に、がくんと意識が急降下した。おそろしく速くて、真っ暗なエレベータに乗ったようなものだ。脳が、かすかにぶれる。

気づけば晶水は、透明な床の上に立っていた。

床を透かして風景が見える。ここには何度も来ているから、もうわかる。あれは、美舟の夢の世界だ。

膝をついて目をすがめた。

硝子（ガラス）というよりは、透きとおった膜に近い床である。強度はしっかりしているものの、ぶよぶよとして生あたたかく蠢動している。この波は美舟の鼓動だろうか、と晶水はぼんやり思った。

床の向こうの景色を見つめる。

だが視覚より先に、刺激されたのは聴覚だった。

風だ。びょうびょうと哭くような北風だった。その音から、夢の中にとらわれていく。感じる。意識ごと、ずぶずぶとのめりこんでいく。

いちめん、枯れはてた野原があった。

空は絵筆で塗りこめたような灰いろだ。芒の季節は終わってしまったらしく、白茶けた雑草が踏み倒されてつぶれているほかは、小石だらけの寒ざむしい景色であった。

現実ならば遠くに望めるはずの山も、立ち並ぶ家々の屋根もない。

――お墓じゃないんだ。

晶水は思った。

これがトシの夢なら、やはりわたしがみたのとは違っている。墓場ではなく、経を読む僧侶もいない。地べたに横たえられた棺もない。

葉の落ちた木々が、おいでおいでをするように枝を揺らしている。倒木の洞（うろ）を風が吹きぬけ、悲鳴のような高い音をたてる。

すこし離れたところに、美舟がいるのが見えた。

後ろ姿だ。激しい風が髪を乱している。

近寄ろうとして、晶水はやめた。だめだ、干渉しちゃいけない。いまのわたしの役目は、それじゃない。

美舟はひどく緩慢に歩いていた。倒木につまずきかけ、立ちすくむ。

彼女がすくんだ理由はすぐにわかった。骨だ。枯野に骨が散乱している。古い骨らしく、黄ばんで磨耗している。

骨には蛇が巻きついていた。

威嚇（いかく）するように、頭を三角に膨れあがらせている。鎌首をもたげ、赤く細い舌をちろりと突きだす。灰いろの景色の中、蛇の舌と口中だけが血のようにあざやかだ。

美舟のおびえが伝わってくる。が、彼女のおびえは蛇ではなく、骨に向けられているようだった。おびえが伝染し、皮膚がひりつく。舌が干上がる。

晶水はかぶりを振った。

いや、ここには千代がいるはずだ。見えずとも、あの老女が美舟のすぐそばについている。それを晶水はよく知っている。だが罹患したおびえは、晶水の中から消え去ってくれなかった。

美舟はまだ動けずにいた。

だが足もとの土が、湿ってぐずりとぬかるむ。爪さきが沈む。

巻きついた蛇が、骨をきつく締めあげている。やがて骨がぼろりと崩れる。そのもろさに、生前の病か、もしくは酒毒か薬毒を色濃く感じる。

ふと、気配があった。

枯草の向こうに誰かがいる。

老婆だった。手まねきしている。見えるのは手だけだ。でも老婆だとわかる。痩せさらばえ、骨ばった手だった。皮膚に縮緬のような皺が寄っている。

行っちゃだめ、と晶水は思った。

でも、美舟が「行かなくては」と思っているのが伝わってくる。おそらく美舟本人にも理由はわかっていまい。ただ、衝動だけがあった。行かなくてはならない、と、義務感にも似た思いに彼女は突き動かされ、追いたてられていた。

晶水は手を伸ばした。無意識だった。

ずぶり、と透明な膜を突き抜けて体が沈む。落ちていく。

美舟をつかもうとした。

肩に指さきが触れる。が、その指は美舟の肩にのめった。引きこまれる。腕を抜こうとした。だが、抜けなかった。それどころか、すこしずつ飲まれていく。埋まっていく。美舟の中に、体ごと溶けていく。

――取りこまれる。

晶水は悲鳴をあげた。

美舟のおびえが、はっきりと感じとれた。

恐怖。焦燥（しょうそう）。理由のない苛立（いらだ）ち。頭が混乱する。意識がぐちゃぐちゃに溶けあい、絡まり、もつれる。これは誰の思考だろう。美舟か、それともわたしか。もうそれすらわからない。

「石川！」

声がした。

同時に、ぐいと腕をつかまれた。

痛みにも似た衝撃とともに、美舟から引き剝がされるのを感じた。

急に寒さを覚える。気持ちが悪い。頭がぐらぐらして、めまいがひどい。だがうずくまる間もなかった。そのまま心ごと意識ごと、晶水は急浮上した。

はっと目をあける。

山江家の、寝間だった。

慌てて布団を見おろす。千代と美舟はまだ眠っていた。美舟の眉間に皺が寄っている。歯をきつく食いしばっている。うなされているのだ。

首を曲げて「どうしよう山江」と言いかけ、晶水はぎょっとした。

目の前に、真っ青な顔をした壱がいた。

「石川……だいじょうぶ？」

「ああ、うん」

呆然と晶水は答えた。

「わたし、失敗したんだ……。そうだよね？」

いや、引きあげるのに、目覚めさせるのに失敗したというよりも。

──美舟の夢に、同化しかけた。

晶水はぶるっと身を震わせた。

まるで水に沈んだ氷のように、あとかたもなく溶けてしまうところだった。あのままでいたら、永遠に美舟の〝夢の材料〟のひとつになってしまったのだろうか。体だけを現実世界に置いて、心だけが夢の住人になる羽目となったのか。

「たまにあるんだ。こういう事故」

壱が低く言った。

「石川は涌井に近すぎるから、マジでやばかった。遠慮しないで、最初から止めたほうがよかったんだな。おれの判断ミスだ、ごめん」

額に脂汗が浮いている。

こんな山江を見たのははじめてだ、と晶水は思った。

彼の顔をそっと覗きこむ。

「山江こそ、だいじょうぶ？　ひどい顔いろ」

「うん」

手の甲で額をぬぐって、

「この手の事故で、戻ってこれなくなった人がいるらしいんだ。ガキのころから話だけは聞かされてたから、いざ目の前で起こりそうになって……びびった」

壱は長い長い吐息をついた。横顔に疲労がべったりと貼りついていた。

美舟の口から、ぎりっと軋むような音が鳴った。

歯ぎしりだ。いよいよひどくうなされている。慌ててかがみこもうとした晶水を手で制して、

「ふたりはおれが起こすよ。石川はそこで休んでて」

と壱は言った。

晶水とつないでいた手に視線を落とし、「あ、ごめん」と言って離す。晶水は目をしばたたいた。謝られるなんてはじめてのことだ。

どうしたの、と訊きたかった。

だが壱は目を合わせない。横顔が心なしか硬かった。

晶水の胸が、かすかにちくりと痛んだ。

第二章　土は枇杷いろ　蝿が唸く

1

食堂『わく井』の引き戸をあけると、揚げ油のいい匂いが吹きつけてきた。

「あらアキちゃん、こんばんはあ」

割烹着(かっぽうぎ)に三角巾、手には銀盆という正統派スタイルの美舟の母が、途端に相好を崩す。

「おとうさんも、こんばんは。いらっしゃいませ」

と晶水の父に頭をさげて、いつもの奥のテーブルへと案内する。

長い付きあいで、父の乙彦(おつひこ)が決まった一定のパターンを踏襲しないと落ちつかないことを、彼女も重じゅう心得ているのだ。

「日替わりでいい？　Aは鯖(さば)の味噌煮(みそに)で、Bは生姜(しょうが)焼きよ」

「じゃAで」

「わたしも」

乙彦は、朝食と昼食は儀式のように同じ献立をかたくなに食べる。が、なぜか夕食にはまるで頓着(とんちゃく)しない。「すばらしく優秀だが、すばらしく変人」と子供のころから言われてきた彼は、大人になってもやはり変人だった。しかし妻の死を経て、ここ一年はめっきり自立の道を邁進しつつある――と、すくなくとも、本人はそう思っている。

「アキがいつお嫁に行ってもいいように、おとうさんはひとりで生きていける男になるからな」

とやたら意気込んで言われたときは、さすがの晶水も返事に困ったものだ。だがその気持ちは嬉しいので、ひとまず「ありがとう」と答えておいた。

困った人ではあるが、邪気がないので助かる。だからこそ職場の同僚や、『わく井』の店主夫婦もこうやっていちいち気にかけてくれるのだ。去年できたばかりの即席父子家庭にとっては、他人様のご厚意はありがたい限りであった。

「いらっしゃい」

水を持ってきたのは美舟だった。

「やあ、美舟ちゃん。お手伝い？」

乙彦が顔をあげて微笑む。

美舟も笑いかえして、

「そんないいもんじゃないです。お腹すいたんで夕飯におりてきただけ」

「そうか。じゃあ美舟ちゃんもそこ座んなさい」

と乙彦は晶水の隣を指さした。

じゃあ遠慮なく、と美舟が腰をおろす。彼女は晶水の耳に口を寄せて、

「あいかわらず美形だね、アキのおとうさん」

こそっとささやいた。

「そうかなあ」

晶水は首をかしげた。

たまに言われることだが、他人の目から見ると乙彦は端整な男前であるらしい。しかし晶水の母になる水那子に出会うまではまったくモテなかったそうで、いまもモテない。再婚話を持ちこむ人もいなければ、後妻に立候補してくれる果敢な女性もやはりあらわれずじまいであった。

壁の黒板に記されたお品書きを見あげて、

「A定にした？　B定？」

と美舟が訊く。

「Aの鯖味噌。魚ってスーパーの切り身でも高いんだもん。缶詰以外じゃ、ここでしか食べらんないよ」

「アキ、言うことが所帯じみてきたねえ」

笑って美舟は立ちあがり、「んじゃあたしもAにしようっと」と奥の厨房へ歩いていった。

とそのとき、

「……でな、金屋のじいさんとこに行ったら鉄さんがいたんだて」

背後の席からしわがれた声が響いた。

――鉄さん。

その名前に、つい晶水は耳をそばだてた。

もしやと思った予感は的中したようで、

「ひさしぶりに拝んだけども、やっぱりあの紋々はたいしたもんだ」

「んだな。鉄さんといっしょに歳くってるだけあって色は褪(あ)せてきてるども、それでも近ごろの機械彫りなんぞとは貫禄(かんろく)が違うさね」

と台詞はつづいた。

横目で盗み見ると、壁ぎわのテーブルを陣取って話に花を咲かしているのは四人の男性客であった。六十代から七十代といったところだろうか、ひじきの炒(い)り煮や昆布(こぶ)巻きといったお惣菜を肴(さかな)に、熱燗(あつかん)を手酌(てじゃく)でやっている。

「このあたりじゃあ、彫久が最後の名人だったかのう」

「おう。鉄さんのあれも彫久の仕事でねがったか」

「おらだいがガキの時分は、まだ刺青してる職人さんもちらほら見かけたもんだがなあ。このごろじゃあ、チンピラみてえなやつしか彫ってねえものな」

「いい刺青師がいねえから客の質がさがるのか、客がろくでもねえから刺青師がいなくなるのか、どっちだろうの」

口ぐちに言って、水のようにすいすいとお猪口（ちょこ）の酒を干していく。

「あら、鉄さん帰ってきてるの」

そう口をはさんだのは、美舟の母親だった。

「そしたらうちの店にも近ぢか顔を出すかねえ。あの人のことだから義理堅く順ぐりにまわっていくだろうし、うちにたどり着くのは来週か再来週くらいになるかしら」

とにこにこ顔で言う。

へえ、おばさんも鉄さんを知ってるんだ、と晶水は思った。

あの口ぶりでは、店に通っていたこともあるらしい。しかし晶水は彼を見かけた記憶がないし、美舟から話を聞いた覚えもない。鉄が常連だったのは、そうとう昔の話に違いなかった。

「もし来たら、食堂では脱ぐな！　って叱ってやらんばねぇな」

にやりとする客に、

「でも、見たがるお客もいるかもよ」

と美舟の母が相槌を打つ。

「かもな。なにしろあの刺青は立派だすけなあ。彫久が死んだのは、ええと、何年前だ？」

「干支(えと)でひとまわりしたのは確かだわな」

「息子がいなかったっけか」

「いたいた。そのひとり息子が二代目を継いだんさ」

「継いだはいいが、ものにならねがったなあ」

「腕よりも、てめえの身持ちがよくなかったんさ。なにしろ、飲む打つ買うの三拍子そろった兄(あん)にゃだったすけのう。あれではろくな死に方しねえと思ってたら、まさかほんとに……」

「こら、やめれ」

端に座った男がたしなめた。

咎(とが)められた客が、ばつが悪そうに口をつぐむ。数秒、気まずい空気が流れた。「まあまあ」と、美舟の母がとりなし顔で猪口に酌をする。

そこへ厨房から、美舟が両手にA定食の膳を持って戻ってきた。

「はい、お待ちどうさま」

と膳を置きながら、妙な雰囲気になってしまった壁のテーブルを怪訝そうに見やる。

「なに、なんかあった？」

「なんでもないよ。ちょっと盛りあがりすぎちゃったみたい」

晶水が首を振ると、

「ああ、酔っぱらいだからね」

と美舟は笑って椅子に腰をおろした。

母が娘を振りかえって、

「あれあんた、そこでご相伴になるの。いい身分だねえ」

と笑った。美舟が「そうなの、いい身分なの」と小気味よくぱきんと箸を割って、母親を見あげる。

「おかあさん、そういえば抽斗(ひきだし)に保険証がなかったんだけど、どこにあるの」

「あらどうしたの、風邪？」

「ううん、皮膚科。湿疹の飲み薬がそろそろ——」

「しっ」

慌てたように母が唇に指をあてる。彼女はすまなそうな顔で声を低めて、言った。

「うちはほら、食べ物屋さんだからね。ごめんね」

美舟は微笑した。

「……ううん。いいよ、わかってる」

帰り道は、徒歩だった。

父娘で肩を並べて歩くのは気恥ずかしいので、なんとはなしに数歩先を乙彦が歩くかたちになる。父の背中を眺めて歩きながら、ふと晶水は夜空を仰いだ。

薄墨を流したような空に、針よりも細い三日月が浮かんでいる。暗くなってもどこかに涼しげな藍を含んでいた、あの夏のころが嘘のようだ。

草むらから、りいりいりい、と楽器めいた音がする。蛙の野太い声がそれに重なる。あと一箇月もすれば、しんと絶えてしまうはずの声だった。

ふと月が見えなくなった。

建物の陰に隠れたのだ。正確に言えば、丘の上に建つ邸宅の屋根にさえぎられたのである。

――マムシ山だ。

晶水は思った。

いつの間にか河原へさしかかっていたらしい。首をめぐらすと川が見えた。

川には短いアーチ型の石橋がかかり、橋のすぐ向こうでは灰いろの校舎が影になってそびえている。晶水自身も通っていた市立新鞍小学校だ。

そうだ。小学生のころは教室の窓からいつでもマムシ山と、あのマムシ屋敷が見えたものだった。

マムシ山のマムシ屋敷。子供のころはみんなそう呼んでいた。おかしな屋敷だった。改築、増築を繰りかえしたせいもあって、いかにも奇怪な外観だった。

「あそこは蛇が出るから、行っちゃいけません」

大人たちの多くはそう言ったが、実際はあの家へ近づかせたくなかったのでは、といまになって晶水は思う。

主人はもう亡くなったらしいが、生前はたいした変わり者だったそうだ。とはいえ父の乙彦とはまた違ったベクトルの変人である。晩年は、郵便配達員や宅配業者はもちろん、犬の散歩で通りかかった者さえ「おまえ、覗いてただろう」と鎌を片手に追いかけまわしたという。いまはその夫を亡くした妻だけが、ほとんど世捨て人同然に住まっているとの話であった。

晶水の視線が止まった。

いつもはぴたりと閉ざされている雨戸が、一角だけ開いていた。

電灯を煌々とつけているせいで、夜闇の中でやけにぽっかりと鮮明に浮きあがって見える。

女がいた。

痩身の女だった。プロポーションからしてまだ若い。背中に贅肉がなく、腰がきれいにくくびれている。

――誰だろう。

怪訝に思い、さらに目をこらす。

はじめのうち、晶水は女が半袖のTシャツを着ているのかと思った。しかし違った。背中から腕へかけての藍は、白い柔肌へ直接彫りこまれていた。

刺青だ、と晶水は悟った。

蛇の刺青だった。大蛇が、とぐろを巻いている――いや、なにかに巻きついている。

視力のいい晶水でも、細部まではさすがに見えなかった。まわりに立ちのぼる朱は、炎だろうか。大蛇が火焰に包まれている図か。

なぜかはわからないが、忌まわしさを感じた。鉄老人の刺青に対しては覚えなかった感覚だった。

鉄の背中の龍は、すばらしく見事だった。芸術うんぬんはわからないが、すくなくとも美しいと、立派だと感じた。でもあの女の刺青は、まるで――。

「アキ」

呼ばれて、晶水ははっとした。

顔をあげる。父の乙彦が振りかえって娘を見ていた。

「どうした？　お腹が痛いか。そろそろ寒いからな、冷えちゃったかな」

「ううん、なんでもない」

晶水は走って父親に追いついた。

我慢できないようならご近所にトイレを借りよう、とデリカシーのないことを言う父親を
「いいから。ほんとなんでもないから」と慌ててなだめる。

「でもな、アキ」

「いいから。心配してくれてありがと」

父の肩を押さえつけ、晶水はいま一度肩越しに屋敷を振りむいた。

雨戸は、いつの間にか閉まっていた。

2

「あの噂、聞いた？」

そう壱からラインのメッセージが届いたのは、二時間目が終わった休み時間のことだった。

グループトークの通知設定をオフにして、レスポンスを打つ。

「噂ってなに？」

間髪を容れず返事が表示される。

「蛇の夢だよ。石川がウイルスどうこうって言ったこと、まんざらはずれてなかったみたいだ。インフルエンザみたいに校内に蔓延してるっぽい」

晶水は眉をひそめ、

「意味わかんないんだけど」

と返信した。

だが壱からの答えは、

「だから、例の夢がうちのガッコで流行ってんの」

とさらに要領を得ないものだった。

「ますますわかんない。もっと一からちゃんと説明してくれない？」

「おれ説明うまくないからゴメンだけど、石川と涌井のみた夢は、おおまかなとこで『蛇、骨、不気味なおばあちゃん』がキイワードでしょ？　その夢をしょっちゅうみるってやつが、ほかにも校内にいっぱいいいんの。聞いた限りでも、たぶん六、七人はいると思う」

「なにそれ。どういうこと？」

「おれにもよくわかんない」

と、壱の答えはやはりあいまいなものだった。だが彼は、つづけてメッセージを打ちこんできた。

「カツラ先輩も、みたって言ってた」

――と。

晶水の眉間の皺がさらに深くなった。

カツラ先輩とは、男子バスケ部の三年、葛城のことだ。同じ校区の生まれなため、晶水自身も小中と先輩後輩の間柄であった。

晶水は急いで指を動かした。

「やっぱり蛇の夢だったって?」

「らしいよ。こまかいとこはまだ聞いてないけど、野っ原があって、蛇と骨が出てくる夢みたい」

晶水は返事に迷った。

まさかほんとうにあれは〝伝染る〟夢なんだろうか。だとしたら自分たちは病原菌をばら撒(ま)いて歩いているということか。まるで以前本で読んだ、腸チフスを行く先ざきで流行らせていったアイルランド出身の家政婦のように。

馬鹿げた考えだ。

でももしそうだったら、と思うと身がすくんだ。

彼女がぐるぐると考えをめぐらせている間に、新たな吹きだしが表示される。

「んで、そのことでカツラ先輩がおれらに話があるんだってさ。だから昼休み、石川も弁当食ったら北校舎に来て。さきに行って待ってる」

メッセージのあとに、かわいい猫のキャラクターが両掌を合わせて拝んでいるスタンプが押された。

「わかった」

晶水はそう打ちこみ、これだけでは愛想なしかと、似たようなキャラのスタンプを押しかえしておいた。

携帯電話をかばんにしまいながら、晶水は思った。

――やっぱり山江、へんだ。

いつもならラインやメールではなく、本人が駆けてくる場面であった。うるさいほどの大声で、足音をばたばた鳴らして「石川ぁー！」と廊下側の窓に貼りつくはずだった。

だが思いかえしてみれば、ここ最近めっきりそんな姿を見ていない。山江壱が最後にこのC組を訪れたのはいつだろう。すくなくとも十日以上は前のはずだ。

携帯電話を再度取りだしかけて、かぶりを振る。

まだいいや、と自分に言い聞かせた。

どのみち昼休みには顔を合わせるのだ。それにほんとうに向こうが避けているのなら、こうしてラインのやりとりをすることだってないはずだろう。こちらの思いすごしだったとしたら、それこそ──。

ぽつんとつぶやく。

「それこそ藪蛇、だよね」

「ん？」

ななめ前の席で、美舟が振りかえった。

「なにアキ、いまなんか言った？」

「……なんでもない」

北校舎は、昼休みだというのにあいかわらず人気がなく、あいかわらず埃っぽかった。

ここは生徒数の減少にともなって物置兼図書館閉架書庫となり果ててしまった、鐙田東高校唯一の木造校舎である。あまりの陰気さゆえか、屋上や非常階段のように二、三年のカップルたちに占拠されることもない。中でも廊下の突きあたりの一角は、いつしか晶水たちの絶好の会合場所となっていた。

美舟や雛乃にあやしまれないよう、しっかり弁当を食べてから北校舎へ向かう。と、すでに壱と葛城は廊下の壁にもたれるようにして立っていた。

「ざっす！」

と身についた習慣で体育会系の一礼をしてから、晶水は顔をあげた。

「すみません、遅れました」

「いいって。呼びだしたのおれのほうだし」

と葛城が微笑む。

バスケ部員だけあって、彼もやはり長身である。晶水よりさらに七、八センチ高い。こうして並ぶと、壱が輪をかけてちびっ子に見える。

「壱から、聞いた？」

「さわりだけですけど。えっと、先輩も、あの……蛇の夢を、みたって」

おそるおそる、慎重にそう告げる。

葛城が顔をしかめて、

「そうなんだよなあ」と言った。

「でも今日イチと石川に相談したいのは、おれのことじゃねえんだよ。布留川って知ってるだろ？　二年の」

「ああ、次の四番つける人ですよね」

晶水はうなずいた。

学生バスケット界において、背番号四番はすなわちキャプテンを意味する。五番は副キャプテンで、六番以下は実力順というのが定説だ。ちなみに壱は「いくら巧くても、あくまで助っ人」ということで、二桁(けた)の十一番を与えられていた。

葛城は言いにくそうに、

「じつはな、その布留川もみるらしいんだ。蛇の出てくる、怖い夢。しかもおれなんかよりずっと重症なんだよ。おれはいまんとこ二回みたっきりなんだが、布留川のやつはほとんど毎晩らしくって」

と言った。

晶水はごくりとつばを飲みこんだ。

「あの……」

言葉が出てこない。

すい、と壱がふたりの間に割りこみ、

「ねえカツラ先輩、それってちゃんと布留川先輩に了解とっておれらに話してます?」

と首をかしげた。葛城がいやな顔をする。

「は？　なんでそんなこと訊くんだよ」

「だって布留川先輩、おれにあんま弱み見せたくないと思うもん。助っ人のおれに、あんまいい顔しないうちのひとりだしさ。カツラ先輩が面倒みいいのは知ってるけど、おせっかいの勇み足はよくないっすよ」

うっ、と葛城が言いよどんだ。

「あ、やっぱ図星だ」

と指をさして覗きこんだ壱の手を、晶水がぱちんとはたき落とす。

「こら山江、人様を指さしちゃだめ」

「だってー」

「だってじゃない。しかも相手は先輩でしょ」

ごめんなさいしなさい、と姉のように「めっ」とする晶水に、

「いいって石川、おれが悪いんだ」

と葛城は手を振って、壱に向きなおった。

「平常時なら、おまえの言いぶんが正しい。おれもそう思うよ。けどいまは非常事態なんだ。おれが布留川にきっちり言い聞かす、文句は言わせねえ」

と葛城は頭をさげてから、

「──次の四番をつけるやつに、三年になる前につぶれられちゃ困るんだ」

と言った。

壱がにっと笑う。

「それは、おれも同感っす」

頭の後ろで腕を組んで、

「てか、カツラ先輩も頭なんかさげないでくださいよー。それじゃなんか、おれがワルモノみたいじゃん」

「なに言ってんだ、もとはと言えばおまえが悪いんだろ」

葛城がぺしっと壱を叩いた。

「おまえがいつまでも正式な部員になんねーから、引退したおれがここまで気ぃ使ってんじゃねえか。最後のウインターカップ予選敗退で傷ついてる先輩に、なんもかもやらすな。このサル。チビ」

「あ、チビって言った！」

ひでーひでー、なんでわざと人のいやがること言うの？　とぶうぶう騒ぐ壱を後目に、

「じゃあな。ごめんな石川」

と片手で拝んで、葛城が長い廊下を歩き去っていく。

その背中が角を折れて見えなくなっても、しばし晶水は動けなかった。

「——だいじょうぶだよ、石川」

ふっと、壱が低く言う。

肩越しに晶水は振りかえった。

虹彩の大きな真っ黒い瞳で、壱がまっすぐに彼女を見あげていた。

「なんでこんなことになってんのかはわかんないけど、石川のせいでも涌井のせいでもねーよ。それだけは確か。なにがあったにしろ、おれとばーちゃんが近いうちにぜったい証明してみせるって」

だからそんな顔すんな、と壱がにかっと笑う。

その笑顔に気圧されるように、

「あ、うん……ありがと」

と晶水はこっくりうなずいた。

3

翌々日の木曜は、すばらしくきれいな秋晴れだった。

晩秋特有の透きとおるような青みをした空に、風で薄くちぎれた雲が刻一刻とかたちを変えていく。目をおろせば夏のころは丈高く茂っていた荒地野菊に代わり、いまは彼岸花が群れ咲いている。

昼休みのランチタイムを、めずらしく晶水たち一行は屋外で過ごしていた。場所は、高校から徒歩二分の公園だ。

さらにめずらしいことに、メンバーはいつもの晶水、美舟、雛乃だけではなく、そこにA組の壱、崇史、拓実をくわえた六人である。

言いだしっぺは崇史だった。

「紅葉もそろそろ終わるじゃん。天気がいい日なんて、こっから先たぶんもうなさそうだから、一回くらいみんなで外でメシ食っとこうぜ」

との誘いに、まっさきに美舟が「いいね」と賛同した。次いで雛乃が「途中のコンビニで買い出ししていいなら」とうなずく。それにつられるかたちで晶水も「……いつものお弁当でもいいんだよね？」と言い、そして現在に至る。

公園は遊具のほとんどが撤去され、ただのだだっ広い空き地と化していた。

かろうじて残っているのは砂場とジャングルジムと、きりんのかたちをしたごく低いすべり台だけだ。

しかし外枠のまわりにぐるりと植えられた銀杏（いちょう）や楓（かえで）、プラタナスはいまが見ごろで、赤に黄いろに、ところどころまだ緑にとあざやかに色づいていた。

「等々力、それ食べないの？」

銀杏の下に敷いた敷物に膝を崩して座った美舟が、かたわらのコンビニ袋を指さす。拓実が笑って、

「これね、おれのメシじゃなくてハムスターの餌（えさ）。うちの子は温室育ちの美食家なもんで、この会社のペレットしか食ってくれないんだよねえ」

「え、ハムスター？　飼ってるの？」

途端に晶水が食いついた。

「いいなあ。うち父親が動物嫌いだから、きっと飼えないとは思うんだけどさ……。ねえ世話ってたいへん？　餌代、どのくらいかかる？」

「なに石川、もしかして動物好きか」

崇史が訊く。

「んー、そうでもないけど。ふつうくらい」

と首をかしげる晶水に、美舟が言った。

「昔っからアキは、ちょろちょろすばしっこく動くちっちゃいものが好きなのよ。でし

よ？」

「ああ、そうかも」

あっさりと晶水は認めた。途端に崇史がぶっと吹き出す。口に含んでいたオレンジジュースが、敷物に点々と水玉の染みをつくる。

「やだもう、きったないなぁ」

「なによ蜂谷」

「なんでもねー、ごめんごめん」

四方から浴びせられる苦情に、両掌を合わせて平謝りし、

「そういやマムシ山の捜索ってどうなった？」

と崇史は話題を変えた。

答えたのは雛乃だった。

「ああ、あれやっぱりあらたに撒かれた骨だったみたい。脚の骨じゃなくって、頭蓋骨のかけらだったんだって」

「へえ。んじゃ脚と頭蓋骨以外はどこにあんだろうな」

「まだ犯人の手もとにあるんじゃない？　そうでなきゃ何度もばら撒いたりできないでしょ」

コンビニのフルーツサンドを食べ終えた雛乃が、ポテトチップスとポッキーの袋をパーティびらきにして敷物の真ん中に置いた。

すかさず壱が「いただきまーす」と手を伸ばす。

「女子、お菓子も買ってきてくれたんだ。悪りーな、こっち気ぃきかなくて」

と栗鼠のように頰袋をもごもごさせながら言う壱に、

「いいよべつに。場所とりしてもらっちゃったし」

晶水が言い、

「アイスも買おうかと思ったけど、さすがにそれは寒いからやめたのよ」

と美舟も言葉を添えた。

「しっかし頭蓋骨とはおだやかじゃないよね。脚だけならまだしも、頭が見つかったとなると、がぜん殺人！　って感じがするもん」

「脚がなくても死にゃしないけど、さすがに頭なしじゃ生きていけないもんな」

と拓実がうなずく。

崇史がポッキーをかじりながら、

「そういや知ってるか？　六年前に見つかった骨って、正確には脚部だけじゃないらしいぜ」

と言った。

「へそから下で、まっぷたつにされた死体だったんだってよ。骨だからばらばらになってたけど、つなぎあわせたら下半身がそっくりそのまま復元できたって話だぜ。だからどっちみち生きちゃいねえよ」

「被害者は女の人だったんだっけ。そんな殺されかたするなんて、よっぽど恨まれてたのかなあ」

美舟が慨嘆する。

「まっぷたつにされた女の死体って、まるで『ブラック・ダリア事件』だよね」

と言ったのは雛乃だ。

「なんだっけそれ、聞いたことある。映画だっけ?」

「おれも聞き覚えあるなー。映画だっけ?」

「映画にもなったけど、もとは実際にあった事件だよ。女優になりたくてハリウッドに行った田舎の女の子が結局夢にやぶれて、ウエイトレスのような水商売のような仕事をしてたら殺されちゃったの。同じように胴体のところで体を上下まっぷたつにされて、原っぱに捨てられてたのが見つかったのよ。きれいに洗ってあって、血も出てなくて、被害者が美人だったこともあって人形みたいに見えたらしいよ。ちなみに迷宮入りで、犯人はいまだに不明。

あ、ブラック・ダリアっていうのは、被害者の渾名ね」

　と雛乃が説明を終える。途端に「おおー」とあちこちから拍手が湧いた。

「よく知ってるねえ」

「ほんと。ヒナあんた何者よ」

　美舟や拓実が口ぐちに言う横で、晶水は吐息をついた。

「マムシ山の被害者って女の人だったんだ、知らなかった。そういえばあの骨って、マムシ屋敷の主人の骨じゃないか、なんて噂もあったよね」

「あ、それあたしも聞いた。『死んだら鳥葬にしてくれ』って遺言で、家族がそれに従ったって噂でしょ。でもさすがにあれはデマだよね」

　美舟が苦笑する。晶水も笑って、

「ないない。そこらの藪で鳥葬なんかされたら役場が黙ってないって」

「それに男と女の骨なら、すぐ違いがわかるじゃん」

「なんで？」

「ほら、骨盤の広さとかさ」

「しかしメシ食いながらする話題かね、これ」

　崇史がいまさらなことを言った。拓実がうなずく。

「女の子たちもさ、ふりでいいから、もうちょっといやがったり怖がったりしたほうがいいよ。そのしらけた反応っぷりじゃモテないよ」

「あんたらにモテてもなぁ」

美舟が肩をすくめて、

「でもさ、鳥葬の遺言がどうのこうのって、デマとして広まっただけでもすごくない？　よっぽどへんな人だと思われてたってことだよね。あの屋敷のご主人」

「実際へんな人だったらしいじゃん」

と崇史。

「というか、危険人物？」

拓実が眉根を寄せる。

壱が片手をあげて、

「ねー、おれぜんぜん知らないんだけど、その人ってどう危険だったわけ？」

「ああそうか。死んだのはイチが引っ越してくる前か」

「イチ、マムシ山は知ってるよな？」

崇史が問う。

壱はうなずいた。

「名前は知ってる。通りかかったこともあるかな。けど、そんだけだよ」

晶水が口をひらく。

「マムシが出るっていう噂の、通称マムシ山。そこらへん一帯の持ち主で、かつそこに建ってるのが通称マムシ屋敷。わたしたちは子供だったからずっと『マムシ屋敷の主人』て呼んでたけど、本名は……辻堂さんだっけ？」

「そう、大地主の辻堂さん」

美舟が相槌を打った。

「七、八年前に亡くなったご主人が、すっごい変わり者でね。五十歳近くまで独身だったのが、結婚して、子供が生まれて、その子が成人になった記念にって屋敷の改築をはじめたの。でもそれが、どんどんおかしな家になっていって」

「どうおかしいの」

と壱が訊く。

崇史が口をはさんで、

「まず家の前面――つまり通行人がマムシ山を見あげたときに見える面が、ぜんぶ硝子張り。つまり中がすけすけの丸見えになっちまったわけだ。その代わり他の壁は、覗き穴みたいな、あかりとりにもならねえような丸いちっちゃい窓がぽつぽつあいてるだけなんだよ。それだけでもおかしいだろ？　なのに、主人の思いつきでどんどん改築したり増築していくもんだから、見るたびかたちが変わっていって、すごかったぜ」

「でも、すぐ硝子張りじゃなくなっちゃったよね」

と晶水。

「そうそう。丸見えだったのってほんのいっときだけじゃない？　硝子の上に雨戸が取りつけられたと思ったら、今度は朝から晩までぴったり閉めたっきりになっちゃった。裏側に窓がないから、たぶん昼でも真っ暗だよね、あの家」

「そこん家が改築工事してたときって、みんながいくつくらいのとき？」

壱が問う。

「たぶん幼稚園児だったと思う。だからわたしたちより、送り迎えであそこを通りかかる親のほうが怖がってたんだよね。『覗いてただろう』ってご主人に追いかけまわされた人がいっぱいいるって、母が誰かと話してたのを覚えてるもん」

「で、死んだのが七、八年前だから、おれたちが小学二年くらいのときか。じゃあマムシ屋敷って、十年くらい前まではまだまともな家だったんだなあ」

拓実が慨嘆する。

「確か、最初はふつうの洋館だったんじゃねえかな。で、改築工事がぴたっと止まると同時に『入院した』って噂が流れて、そのあと間をおかずに葬式があった気がする。当時もう八十近かったはずだから、妥当な寿命だろうよ」

崇史が腕を組んで言った。

「じゃあいまその家って誰も住んでないんだ」

「いや、奥さんがまだひとりで住んでるよ」と拓実。

「ひとり？」

晶水は問いかえし、かぶりを振った。

「ううん、あの家、若い女の人もいるはずだよ。だってこの前、通りすがりに見たもん。雨戸がちょっとだけ開いて——後ろ姿だけだったけど」

「ああそれ、娘じゃない？」

突然、横から割りこむ声がした。

晶水は首をめぐらせた。

あざやかな橙に色づいた楓の下を陣取っている、三年生のグループから発せられた声だった。こちらを見ている女子生徒の顔に、「あれ、どっかで見たような」と晶水が思っていると、

「高遠（たかとお）先輩、ざっす！」

「っざす！」

　壱と美舟が立ちあがり、声をそろえて頭をさげた。

　慌てて晶水もそれにならう。

　そうだ、どこかで見たどころじゃない。女子バスケ部キャプテンの高遠先輩ではないか。晶水がバスケをもしつづけていたなら、女王様にも等しい存在だ。いまはとくに接触のない相手とはいえ、思わず背中に冷や汗が滲んだ。

「いいよ、座って座って。あたし引退したから、もうキャプテンじゃなくなったしさ」

　と高遠は手を振って、

「お昼に物騒な話してる子たちがいるなーと思ったら、トシとイっちゃんだった」

　声をあげて明るく笑う。

　あいかわらず物怖じしない壱が、彼女の敷物にいそいそと寄っていった。

「高遠先輩、マムシ屋敷の娘さん知ってるんすか？」

「知ってるってほどじゃないよ。でもあそこん家もうちと同じ町内だから、それなりにね」

　美舟が差しだすポッキーの箱から高遠は一本つまんで、

「あそこん家、おかしな家を建てた旦那さんが亡くなったら、娘が相続ぶんをもらってさっさと家を出ちゃったんだよね。歳とってからできた子だから甘やかされてグレたんだ、なんてうちの親は言ってたけど」

「グレるって、娘さんはもういい大人なんでしょ？」

だって成人記念に家を改築したんだから、と壱が言う。

「たぶんいま三十歳くらいかな。何度か戻ってきてはまたいなくなって、を繰りかえしてたけど、また帰ってたんだね。知らなかった」

高遠は首をすくめた。

「でもグレるどうこうっていうのは、家を出たことについてだけじゃないの。その娘ね、背中にすっごい入れ墨してるのよ。それもファッションぽいやつじゃなくて、やくざが入れるような和彫りのおっかないやつ」

思わず晶水は口をはさんだ。

「大蛇の刺青ですか」

「そう、よく知ってるね」

晶水を見て高遠は微笑んだ。

ちょっと晶水はどぎまぎしつつ、

「あの家の前を通りかかったとき、偶然背中が見えたんです。蛇がなにかに巻きついてる図柄でした。背中だけじゃなく、肩から両腕にかけても真っ青で」

「じゃあやっぱり帰ってきてるんだ。あの家のことは、町内に住んでてもよくわかんないんだよね。一軒だけ高台にあるからってだけじゃなくて、ぜーんぜん近所付きあいしないんだもの」

高遠は顔をしかめた。

彼女のすぐ横に座る女子生徒も会話に入って、

「旦那(だんな)さんのことばっかり言われるけど、あの奥さんだってそうとうな変わり者だよね。めったに外に出てこないし、あの窓のない屋敷で、あかりもつけずに一日じゅう過ごしてるらしいじゃない。郵便屋さんとか集金の人が定期的に姿を確認してるからいいようなものの、いつかぜったい孤独死するよ、あのおばあちゃん」

「やっぱりお金持ちって大なり小なり変わってるんじゃない？　あそこら一帯の丘陵も山も、ぜーんぶ辻堂家の所有地だもん。山にある墓地だって神社だって、辻堂さんの持ちものでしょ。いまさら近所付きあいなんかして、媚(こ)びる必要ないのよ」

と高遠は笑った。

「高遠先輩、そのマムシ屋敷の娘さんて美人っすか？」

唐突に壱が訊いた。

「なによいきなり」

「いやなんとなく。美人が背中に蛇の刺青なんて入れてたらすごいなーと思って」

「やらしいこと考えたんじゃないの」

と高遠は壱を肘でつついてから、

「まあまあ美人、だね。でも顔よりスタイルがいい人だったって記憶があるな。背が高くて、ほっそりしてさ。そんな人がタンクトップ姿でこれ見よがしに入れ墨を見せて歩くもんだから、みんなぎょっとしてたよ。たぶんいまのあたしと同じくらいの身長だろうけど、当時こっちは子供だったからずいぶん大きく見えたたな」

と言った。

ふいに晶水の脳裏に、鉄老人の声がよみがえった。

――すらっと大柄で色の白い女は、刺青映えするらしいぜ。

ということは、まさしくかの娘は「刺青映えする女」であるようだ。思いかえしてみれば、あの夜に窓越しに見た背中は、確かに闇に冴え冴えと映えていた。白い凝脂の肌にのった藍と、蛇の緑がぬめるように光っていた。

「そういや例の白骨死体、そこん家の娘さんじゃないかって噂もいっとき流れましたよね」

崇史が身をのりだすようにして言った。

高遠がうなずく。

「ちょうど娘さんが家出してていない時期だったからね。警察もそう考えたみたいで、マムシ屋敷に残ってた髪の毛だか歯ブラシだかでＤＮＡ鑑定したらしいよ。でもＤＮＡが一致しなくて、捜査対象からすぐはずされたの」

「そんで、じゃあ娘じゃなかったら死んだ父親か、ってことで鳥葬どうのこうのの噂になったんだよね」

いま考えると安易ー、と高遠の友人が笑う。

「とにかくあの骨は、あそこん家のご主人でも娘でもないのは確かよ。なにしろ変人ぞろいの家だから、なにか起こるとみんな、ついあの家に関連づけて考えちゃうみたいだけどね」

高遠が言った。

崇史が苦笑して、

「ま、殺してそいつん家のすぐ前の藪にばら撒くなんてこと、ふつうに考えたらありえないっすもんね」

「ていうか地元の人間ですらないと思うわ。マムシ山って国道からそう遠くないしさ、他県から来て車で通りかかって、この藪でいいかって、てきとうに捨てていったんじゃないの」

「実際、あんまり人の立ち入らない場所でしたもんね。こう言っちゃなんだけど、あそこに捨てて正解だったんじゃないかな」

と拓実がうなずいた。

「マムシ山って、あんたらは入ったことないでしょ」

高遠が言う。

拓実と崇史がそろって首肯し、「ないです」、「ないなあ」と言った。雛乃も「親に入っちゃだめって言われてました」と賛同する。

「あの藪は入ったことないですけど……手前の桜並木のあたりまでならあるかも」

美舟があやふやに言った。

「アキもいっしょに行かなかったっけ。覚えてない？」

「ああ、たぶんそれ避難訓練だよ」

晶水は答えた。

「川の氾濫（はんらん）だか津波だかを想定して、高台に避難しろーってやつ。一、二回やったような覚えがあるな。ぼんやりとだけど」

「そう。あの当時はマムシ山も、あんまりお屋敷に近づきさえしなきゃ入れたんだよね」

高遠が吐息をついた。

「でもいまは完全シャットアウト。何年か前に『勝手に入るな』ってあの家の奥さんが学校に抗議したらしくてね。いまは猫の子一匹入れないって話よ。ボール拾いにのぼれた人がいるのが不思議なくらい」

「山の墓地は別ルートの階段があるからなんとか入れるみたいだけど、神社なんていまごろ荒れほうだいなんじゃないかな。けっこうご利益ある神社だったらしいのに、もったいないよね」

との友人の言葉に、

「でも、どうしようもないのよ」

とあらためて高遠は眉をひそめた。

「町内会長の言うことなんて聞きゃしないしさ。それどころか市議が行っても、役場の人間が行っても門前ばらいなんだもん。たとえどんなに変人でも、大地主様である限りは向かうところ敵なしってわけよ」

「いいなあ、おれも地主になりてーや」

崇史が間の抜けた声を洩らした。

4

「どうも。……よろしくお願いします」

申しわけ程度に頭をさげ、うさんくさげに布留川は室内をじろりと睥睨(へいげい)した。くさいお茶は苦手だ、と言う彼に千代は熱いほうじ茶を差しだして、

「そう硬くならんでええのよ」

と微笑んだ。

ところは山江家の二階である。

葛城のすすめに従って、「次の背番号四番」こと布留川が訪れたかたちだ。しかしその顔にははっきりと「いやいや来ました」と書いてあった。

とくに壱を苦手に思っているのはあきらかで、最初に「よう」と片手をあげたっきり、彼をろくに見ようともしない。

「甘いのがいけるなら白のほうを、辛党なら黒のほうをね」

と千代が二種類の菓子鉢を座の真ん中に置く。

白木の鉢には抹茶(まっちゃ)のカステラが、黒漆(こくしつ)の鉢には海老煎餅(せんべい)がそれぞれ行儀よく盛られていた。カステラの断面に見えるマーブル模様は、どうやらチョコではなく漉(こ)し餡(あん)のようだ。

布留川は「あ、いえ」と言いかけたが、思いなおしたように白木の鉢へ手を伸ばした。カステラをひとかじりして、

「あの、夢の話しろって言われて来たんすけど……、どう話しゃいいんですか」

ぼそりと言う。

「なにがいい悪いということは、あれへんのよ」

対照的に、悠然と千代が答えた。

「話すも話さず帰るも、あなたの自由ですからね。あなたは自分の好きなようにすればええの。わたしらは医者ではありませんよって、えらそうなこと言える立場でもあれへんしね」

まあ、ひとまずお茶をおあがりなさいな、と老女が品よく微笑む。

毒気を抜かれたような顔つきで、布留川は「はあ」と湯呑に口をつけた。

壱ははなから祖母にまかせる気なのか、いっさい口をはさまない。いたっておとなしく、ぼけっと窓の外を眺めて座っている。

その横に晶水は茶盆を抱えるようにして正座していた。

いま晶水はバスケ部ではない。ないのだが、相手がバスケ部の二年生というだけで、なんとなく腰の据わりが悪くなる。

どうしても「先輩」という意識がさきに立ち、もっと自分がいろいろ動かなきゃいけないんじゃないか、と義務感にかられてそわそわしてしまう。

しばしの間、誰も声を発さぬひとときが流れた。

お茶を啜る音。湯呑を置く音。茶托がかたりと鳴る。畳に脚が擦れる。

茶を飲み、菓子を咀嚼(そしやく)するだけの、ごく静かな時間が過ぎる。

やがて、布留川が低く告げた。

「――話、聞いてもらってもいいすか」

「ええ」

千代が微笑した。

「もちろんよ」


「雑草が茂った野原を、ひとりで走ってる夢なんです」

疲れたような口調で、布留川は吐息とともに言った。

「そこは、蛇が出る野原なんです。蛇は直接夢には出てこないんだけど――とにかく、夢の中のおれは〝ここは蛇が出る〟ってことを知ってるんです」

「西塚の、マムシ山みたいに？」

なぜか布留川はぎくりとした顔をした。

「ああ、うん。そうかな。でもマムシ山のあれは嘘でしょう。あんなとこにマムシなんか出るはずないです」

「そうやの？」

「だって、ほんとに誰かが嚙まれたなんて話、聞いたことないし……。子供があそこに入っていかないよう、大人たちがてきとうに流したデマですよ、どうせ」

彼は引き攣った笑みを浮かべた。湯呑に手を伸ばし、がぶりと飲む。

なにかを隠しているのか、それとも心の奥のなにかが刺激されたのか、かたわらで見ている晶水には判断がつかなかった。

千代がやんわり相槌を打つ。

「でも夢の中の原っぱは、ほんとうに蛇が出る場所なのね」

「そうです」

布留川はうなずいた。つづけて千代が問う。

「それであなたは、蛇から逃げているの？」

「いえ、最初は逃げるというか……蛇が出ないうちに家に帰ろう、とあせってる感じです。野原を抜けて、墓地に入ります。この墓地もできれば通りたくないんだけど」

「けど？」

「でも、家に帰るにはこれ以外のルートがないんです。だからおれは、しかたなく墓地を突っ切って走ることにします。夢の中では、それが当然の選択なんです」

言い訳するように布留川は「夢の中では」を強調した。

「おれは走ります。そうしたら、なにかが追ってくる気配がして……もっと速く走らなきゃと思うんですが、なかなかスピードが出ないんです」

もたつく脚に焦れながら、夢の中の布留川は走る。帰るために走る。なのに、いつしか自分でも気づかぬうち、逃げることが目的になっている。だって、逃げなくてはいけないからだ。

——逃げなければ、つかまる。

藪の中を、なにかの気配が素早く這っている。

蛇だ、と彼は思う。と同時に違う、とも思う。

——あれは、死人だ。

死人が追ってきているのだと、走りながら彼は悟る。かたちは蛇でも、あれは死者だ。死者がよみがえって、まっすぐにおれを追っているのだ、と。

「そのうちに墓地を抜けて、まわりの景色が林になります。それでも走りつづけていると、林の奥に小屋があるんです。山小屋みたいな……なんていうか、ログハウスふうのおしゃれな小屋じゃなくて、もっと粗末なつくりです。木造の掘っ立て小屋、って感じの」

これではいかにも頼りない、と夢の中の彼は落胆する。しかしほかに道はない。彼は小屋へ逃げこみ、両びらきの戸を閉めてしっかり閂をかける。

途端に、戸を激しく叩く音がする。どんどんどんどんどん。叩かれるごとに、小屋が小刻みに震動する。

音はやまない。どんどんどんどん。開けろ開けろ開けろ、と急かすように扉を乱打してくる。小屋が揺れる。床が、壁が、みしみし軋む。

音は狂的に高まっていく。耳をふさいでも聞こえる。すさまじい音だ。彼は身をすくませる。向こうで戸を叩いているのが誰なのか、見ずとも彼は知っている。

――死者だ。

それを彼は実感する。ひしひしと感じる。死者が向こうで、扉を叩いている。彼は閂にそっと手をかけ、戸と戸の隙間から外を覗く。

見たくない。こんなことはしたくない。

なのに体が勝手に動く。目をつぶりたい。しかし、まぶたがおりてくれない。扉の向こうにいるそれを、彼は目のあたりにする。

老婆だった。痩せこけた、骨に渋皮を張ったような老婆だ。

ああ、生きかえったんだ、と彼は思う。

墓穴からよみがえってきたのだ。そうしておれを追ってきた。おれをつかまえるために。罰するために。

「それで――目が覚めます」

しわがれた声で布留川は言った。

「だいたい、いつもそこで飛び起きるんです。起きると汗びっしょりで、動悸がひどくて、しばらくは夢だったのか現実だったのかわからないくらいです。なまなましいっていうか、真にせまってるっていうか……とにかく、まるでほんとうに殺されかけたみたいな気分なんです」

言葉を切り、彼は壱をちらりと見やった。壱がうなずき、

「おれ、口堅いっすよ。知ってるでしょ」

と抑揚なく言う。

布留川は一瞬いやな顔をしたが「ああ、知ってる」としぶしぶ認めた。好悪にかかわらず、そこは認めなければいけない、といった顔つきだった。

「心配せんでも、ここで話したことはどこにも洩れませんよ。そこはそれ、わたしらも長いことこの商売やってますから」

千代ははんなりと微笑んだ。

隣の寝間をついと指さす。裾をさばいて立ちあがる。

「――ほしたらあなたの夢を、わたしもみてみるとしましょうか」

布留川はじきに寝息をたてはじめた。

すぐ隣に横たわる千代は、すでに深く寝入っているようだった。彼らの枕もとに、壱と晶水がいつもの体勢でひかえる。

布留川のまぶたがひくりと動いた。眼球運動がはじまったのがわかる。ノンレム睡眠に入ったしるしだ。

壱が手を差しだす。握りかえす。

目を閉じるとほぼ同時に、意識がすうっと落ちた。とぷん、と全身が水のようなものに浸される感覚があった。

晶水は目をあけた。

水は透明ではなかった。レモン果汁を搾り入れたように、かすかに白濁している。気泡に似たこまかな粒が下からのぼってくる。その粒とあいまって、まるでレモンソーダの海に潜ったようだ。ただし冷たくはなく、体温そのままになまぬるい。

とぷとぷとぷ、とゆっくり落ちていったさきに、底があった。例の透明な床だ。爪さきがつく。足でやわらかく踏みしめる。

晶水はかがみこみ、床の向こうを凝視した。

夢はすでに佳境(かきょう)に入っているようだった。

布留川が走っている。すでに墓地を抜けたのか、林を駆けていた。布留川自身が認めていたとおり、彼はひどくのろかった。まるで子供の足だ。

林は木が茂り、丈の高い草に覆われている。だがディテールが甘く、ぼんやりとしか見えない。夢の主の彼にとって、ただの障害物でしかないからだろう。

やがて小屋が見えた。木造の粗末な小屋だ。屋根はトタンで、壁も薄い。布留川が駆けこむ。扉が閉まる。

視点がぐるりと入れ替わり、小屋の内側からになった。

布留川の背中が見える。戸を手で押さえている。肩が大きく動いていた。夢の中だというのに、荒い息をせわしなく吐いている。

どん、と戸が揺れた。

布留川がびくりと顔をあげる。誰かが戸を叩いているのだ。音は次第に激しく、速くなる。どんどんどんどん。脅迫的に高まっていく。どんどんどんどん。小屋が揺れて軋む。柱がぎしぎしと悲鳴をあげる。

――死人だ。

晶水も悟った。それは、純粋に感覚的な理解だった。

扉の外にいるのは死人だ。墓からよみがえって彼を追ってきたのだ。

むろん、墓地が土葬であるわけがない。この近代に、この町に、土葬を許している地域などない。そうと理性ではわかっていても、いま戸の向こうで開けろ、開けろと叩いているのは死者だった。それを、ありありと感じた。

扉は堅く閉ざされている。しかし、扉越しに起こっていることがはっきりとわかる。だって夢だからだ。

そう、これは夢だ。己（おのれ）に言い聞かせたが、恐怖はすこしも薄れない。晶水の掌にまで、いつしかじっとりとおびえの汗が滲んでいる。

――老婆がドアを叩いている。

布留川が扉に顔を近づける。見ちゃだめ、と晶水は思う。でも彼の動きは止まらない。隙間にひたりと右目をつけ、彼はそれを視認する。

老婆がいた。

皺くちゃの、半分に縮こまってしまったかのような老婆だった。髪が真っ白だ。黒目からも色素が抜け、灰いろになっている。

巾着のようにすぼめた口には一本も歯がなかった。その口が、突然かっとひらいた。

「この」

火のように真っ赤な口腔だった。老婆が叫んだ。

「この、畜生おぉがぁあああ」

声はべっとりと喜色に濡れていた。

次の瞬間、世界が暗転した。

第三章　灌木（かんぼく）がその個性を砥（と）いでゐる

1

「布留川くんて子の夢、入ってみてわかったけど、あの蛇やら墓地やらは、象徴的(シンボリック)なものでも誇張(デフォルメ)でも、戯画化(カリカチュア)でもあれへんわね」

千代は小皿に出汁をすこしとって、晶水へと差しだした。

今日の晶水は、関西風おでんのレシピを習いに山江家を訪れていた。関西ではおでんを『かんとだき』、つまり『関東焚き』とも呼ぶらしい。千代が言うには、

「もともと関東から伝わったもんやから、そう呼ぶのかもしれへんわねえ」

とのことであった。

関西風だけあって、出汁がきれいな透明だ。牛すじと蛸足(たこあし)が入るのが特徴だそうで、大根や蒟蒻(こんにゃく)や、千代お得意の自家製飛竜頭(ひりょうず)といっしょに鍋(なべ)でくつくつと煮えている。

「上品なおうちでは湯葉なんか入れはりますけど、わたしは庶民的なおでんが好きなのよ。ただし、うちとこでは昆布巻は入れへんの。煮すぎると昆布くさくなって、かなんからね。昆布はあくまでお出汁だけ」

と千代が微笑む。

晶水は小皿に口をつけて、

「ん、美味しいです」

とうなずいた。

いかにも「いい塩梅」と言うのがしっくりくるような味だ。

「──で、ええと、デフォルメやカリカチュアでないとしたら、なんなんですか」

と話を戻す晶水に、

「つまり、そのまんまってことよ。あの蛇は『蛇を連想させるような人や物品』ではなく、過去に彼に怖い思いをさせた蛇。あのおばあさんも、象徴ではなく本物のおばあさんやね」

と千代は言った。

「トシのも、そうなんでしょうか」

「そうと思うんやけどねえ」

と首をかしげつつ、今度は背後の孫息子へと千代は小皿を差しだした。

あのあと、度を失ってしまった布留川を壱が背後から抱え、晶水がそのふたりを引きずりあげた。

目覚めた布留川は訪れた当初の敵愾心が嘘のように、壱にしっかり取りすがって離れなかった。帰る間際まで「ありがとう、ありがとう。また来てもいいか?」と、何度もしつこいほど念を押していた。それほどに、あの夢が怖かったらしい。

　とはいえ、気持ちはわかる、と晶水は内心でひとりごちた。

　確かにあの老婆は恐ろしかった。布留川の夢の中にいるからというだけでなく、晶水自身も恐怖を覚えた。はっきりと、敵意と害意とを感じた。

　そして当の壱はといえば、ダイニングテーブルの椅子にちょこんと腰かけて、おとなしく味見用の小皿を啜っている。

　いつもならちょろちょろと動きまわって晶水や千代にちょっかいを出してくるはずなのに、拍子抜けするほど静かだ。はっきり言って調子が狂う。

　――でも。

　きゅっと晶水は眉根を寄せた。

　でも、ここ最近の山江壱はずっとこんなふうだ。

　休み時間ごとのC組への来訪もなくなったし、メールもぐっと減った。いっしょに帰ろうと誘われることもないし、公園でみんなでお昼を食べたときだって、一度も直接話しかけてこなかった。

「どうしたの、アキちゃん」

「あ、いえ」

千代の声に晶水ははっとして顔をあげた。

「あの――でもわたし、トシの夢でみたときも、布留川先輩のときも、『知らないおばあさんだ』って思ったんです。すくなくともわたしは見た覚えのない人でした」

晶水は首をかしげて、

「それとも、ただ忘れてるだけなのかな」

「忘れているというか、そうね、とくに意識せずじまいだったことが、いまになって浮上してきたのかもしれへんわね」

と千代が言った。

「脳というのんは妙に性能がよくてね。いらんことでも、なにもかも知覚してしまうもんやの。けれどもすべてを覚えていたんでは心がパンクしますから、情報を取捨選択して奥の抽斗にしまいこんでおくのね。で、夢は宿主が眠っている間にそれを整理しておく役目」

「つまりいったん整理して抽斗にしまったものを、なにかの拍子で夢がまた取りだしてきた、ってことですよね」

「そう。ということは、その抽斗がひらくきっかけが、なにかしらあったとみるべきでしょうね」

千代がくるりと鍋の中で玉杓子(たまじゃくし)をまわして、

「マムシ屋敷にひとりで住んでるっていう、そのおばあさんはどうなのかしら」

と訊いた。

晶水はかぶりを振った。

「さあ。わたしは見かけたこともないです」

「蛇の刺青、骨、おばあさん。そのマムシ山とやらは、三題噺の条件に完璧にかなってると思うんやけどねえ。山中には墓地もあるらしいし」

千代が吐息をつく。

晶水は眉をひそめた。

「だとしても、やっぱり『なぜいまなんだろう』って思ってしまいます。夢のおばあさんがマムシ屋敷の奥さんだとしても、なぜいま彼女を夢にみるんでしょう。しかもわたしたちだけじゃなく、たくさんの人たちが。——そこが、いちばん不思議です」

ふいに壱が口をひらいて、

「そういや石川って、例の夢、一回しかみてないんだろ」

と言った。

晶水が肩越しに彼を振りむく。

「ああ、うん。トシの家でみたっきり」

「じゃあ涌井の家にはあって、石川の家にはないなにかがきっとあるんだよ」

椅子の上であぐらをかいた壱が「うーん」と腕を組む。

「でもやっかいなのは、それだけじゃねーよな。さっき石川も言ったけど、同じように蛇の夢をみるって人が、布留川先輩を入れて校内に九人もいるんだからさ」

「え、そんなに？」

晶水は目を見ひらいた。

確か先日聞いたときは六、七人とかいう話だったはずだ。知らぬ間に増えている。壱が首を縦にして、

「きっちり調べなおしたら九人だったんだ。けど全員を布留川先輩みたいに丁寧にひとりひとり〝みて〟たんじゃ、きりねえよ。時間ばっか食っちゃう」

きょとんと晶水が問う。

「でも、ひとりひとりのほうがいいんじゃないの」

「なにが？」

壱も怪訝な顔になった。

「えーとほら、お店の売り上げ的に」

と晶水が言うと、千代が横で噴きだした。

「ええのよ、そこまで心配してくれへんでも。うちは夫婦で年金ももらってますし、かつかつやけど、それなりに食べていけてますよって。それより後手にまわって、心がつぶされちゃう子が増えるほうがたいへん」

「……そうですね。すみません」

恥じ入って、ぺこりと晶水は頭をさげた。千代さんの前で、あさましいことを言ってしまった。これじゃまるで守銭奴の言いぐさだ。

千代が首を振って、

「違うのよ。たいへんというのは、そうなってしもてからわたしらに仕事をまわされても、なにもでけへんようになることが多いから。手おくれになってから頼られても、こっちにはどうしようもあれへんのよ」

「そういうこと。だからやっぱソーキカイケツがいちばんなんだけど」

まるで沖縄料理でも紹介するかのようなイントネーションで壱は言い、

「……その九人の夢を全員いっぺんに確認できるいい方法、なんかないかなあ」

と、くつくつ煮える鍋からひょいと蛸足をつまみ食いした。

おでんを特大の保存容器に詰めてもらい、「おじゃましました」と晶水は玄関先で頭をさ

げた。千代が「また来てね」と手を振って孫息子を振りかえり、

「イチ、あんた送ったげなさいな」

と言う。

慌てて晶水は手を振った。

「いえいいです。ひとりで帰れます」

「だめよ。だいぶ日も短くなってきましたし、時刻は夕方でもほら、こないに真っ暗やないの。痴漢が出たらどうするの」

「こんなでっかい女、襲う痴漢なんていませんん」

と高速で手を振りつづけたが、千代の背後からするりと壱が抜けだして、さっさと愛用のスニーカーに足を通しはじめる。

ジーンズのポケットに両手を突っこんで、

「行こ、石川」

あたりまえのように壱は言った。そう言われてしまえば晶水も断るすべはなく、「あ、うん」とうなずくほかなかった。

まだ六時前だというのに、あたりはひどく暗かった。

街灯がぽつんぽつんと等間隔に白くともっている。文字どおりの火ともしごろ、というや

つだ。吹きつける風は無意識に歯を食いしばってしまうほど冷たく、制服のスカートから突きでた腿にさっと鳥肌が立った。

青信号のグリーンが、薄闇の中でやけにあざやかだ。往来を行き過ぎるバスの車体には、クリスマスケーキの画像がラッピングされている。

「もうケーキの予約、はじまったんだね」

気まずい沈黙をもてあまし、ぼそりと晶水は言った。

「あー、うん、そろそろ季節だよな」

壱が答える。

しかし話はつづかなかった。

自棄気味に晶水は言葉を継いで、

「わたし、冷やし中華って一年中売っててもいいと思うんだよね。サラダパスタだって枝豆だってアイスだって、ずっと売ってるのにさ。こたつで食べる冷やし中華、けっこういけると思うんだけど」

とまくしたてた。

しかしかえってきたのは、

「うん、そうだな」

という、あまりに気のない声だけであった。

ああもう、と内心で舌打ちし、晶水はその場で足を止めた。

数歩すすんでから、ついてこないと気づいて壱が不審げに振りかえる。煌々と明るいすぐ脇のコンビニを晶水は親指でさして、

「……コンビニ、寄ってく？」

と肩掛けのかばんを揺すった。

「肉まんくらいなら、おごるけど」

てっきり喜ぶと思ったのに、「えっ」となぜか壱は目を剝いた。

あたふたと両手を動かし、

「いいよ。そんな……あ、そんじゃ、おれがおごる！　えっと、たぶん財布に五百円くらいなら入ってるし」

などと言いだす。

晶水は顔をしかめて、

「はあ？　なんでそうなるの」

と声を高くした。

「いいって。山江におごってもらおうなんて思ってない」

「おれだって思ってねーよ」

「なに言ってんの、あんた五百円しか持ってないんでしょ。わたしのほうがもうちょっと持ってるもん」

「持ってるとか持ってないとか、関係ねえんだって。とにかくおれは石川におごられたくねーの」

「わたしだって山江におごられたくない」

道端でふたりは睨みあった。

数秒のち、晶水がはっとわれにかえる。いけない、ここで喧嘩したんじゃ台無しだ。最近の妙に気づまりな空気をなんとかしたくて話しかけたというのに、逆に事態を悪化させてどうするというのか。

顔をそむけて、深呼吸した。

ゆっくりと向きなおる。壱もまた、ばつが悪そうな顔で立ちつくしていた。

「――山江、わたしになにか言いたいことない？」

低く、晶水は言った。

「おごるとかおごらないじゃなくて、もっとべつのこと」

「ある」

間髪を容れず壱が答えた。だが急に歯切れが悪くなり、

「あるけど……」

とうつむく。

晶水は目をしばたたいた。なぜこうなるのか、皆目わけがわからない。

目の前の壱は、叱られた子犬のようにすっかりしょげかえっていた。肩を落としてしょぼんと打ちひしがれている。こんな山江壱を見るのははじめてだ。

どうしていいかわからず晶水が棒立ちになっていると、

「だー、もぉ！」

と壱が声をあげ、髪をぐしゃぐしゃかきむしりはじめた。

呆気（あっけ）にとられ、晶水はただ見守るしかなかった。壱が「うう」と唸りながらしゃがみこみ、やがてばっと顔をあげる。

「ごめん石川、やっぱまた今度！　ほんとごめん！」

弾かれたように立ちあがると、止める間もなく、彼はそのまま駆け去っていってしまった。

2

チャイムが鳴った。

授業の終了を、そして休み時間の開始を告げる鐘の音だ。教師が出ていくと同時に、教室が気抜けしたようなざわめきに包まれる。

晶水は机の横にかけたかばんに手をやり、マナーモードにしていた携帯電話を取りだした。メールが二通届いている。送信者は『山江壱』だ。

送信時間が早いほうからひらいてみた。

「昨日はごめんなさい」と、やけにしおらしい九文字が目に入る。つづけてもう一通もひらいた。「きらいにならないでください」とあった。

――いよいよおかしい。

晶水は勢いよく机に顔を伏せた。

伏せた拍子に額がぶつかって「ごん」と派手な音をたてた。痛い。おまけに周囲の視線を集めてしまった気配もする。でもいまは、それどころじゃない。

「わたしがいったい、なにしたっていうのよ……」

思わずひとりごちたとき、背中を指でかるく突かれた。

顔をあげる。

美舟が苦笑顔で見おろしていた。

「アキ、おでこ赤ぃ」

なにしてんのよ、とさらに額をつつかれる。

晶水は顔をしかめ「なんでもない」とかぶりを振ってから、美舟が右手に提げた油彩具セットに目をやった。

「あ、次、選択かぁ」

正確に言えば芸術選択教科というやつだ。美舟と雛乃は美術、晶水は音楽をとっている。

と言っても、べつだん音楽に造詣(ぞうけい)が深いというわけではない。履修した理由はただ「さすがに楽器買えとは言わないだろうし、歌うだけなら楽でいいかな」と思ったからだ。

美舟にはのちに「友達としめしあわせていっしょにとろう、って発想がないあたりがアキらしいね」と、誉めているのか貶(けな)しているのかよくわからない言葉をもらったものである。

「そう。なんでもないなら、あたし行くね」

と美舟が立ち去りかける。途端、はっとして晶水は呼びとめた。

「トシ」

「ん？」

「——なんか、顔いろ悪くない？」

美舟の眉宇が、かすかにぴくりと動いた。

「例の夢、まだみるの？　寝れてないんでしょ」

われ知らず詰問（きつもん）するような口調になった。だが美舟はしれっとした顔で、無言で肩をすくめただけだ。

晶水は声を低めた。

「週末、またそっちに泊まりに行こうか？　それとも山江のおばあさんのとこ行く？」

「ああ、それもいいね」

気のない声で言う美舟を「トシ」と晶水が咎める。

美舟はふっと笑って、

「その話は、またあとで。もうちょい人のいないとこでね」

と唇に指をあてた。

う、と晶水が詰まる。確かに、いまここで話題にするのは軽率だったかもしれない。黙りこんでしまった晶水に、

「またあとで」

といま一度言い、美舟はするりと教室を出ていった。

「あ、待って。トシちゃん」

慌てて油彩具セットを持ちあげた雛乃が、上履きをぱたぱた鳴らして彼女のあとを追っていく。

晶水はふたりの背中を見送って、短く吐息をついた。

あらためて携帯電話に視線を落とす。

迷ったが、結局「おでん美味しかった。千代さんにお礼、伝えておいて」とだけ打って送信した。壱がなにを考えているにしろ、メールで問いただす気にはなれなかった。こっちはこっちで、同じく「またあとで」だ。

「さて、と」

音楽の教科書を手に、晶水は椅子から立ちあがった。

廊下へ出ると、〝喧騒（けんそう）〟とまではいかない、選択教科前特有の波のようなさざめきが校舎を満たしていた。

鐙田東高校の芸術選択は美術が圧倒的な人気で、次いで書道、音楽とくる。この序列はそのまま教師の人望順だ。美術教師の小日向が、抜群に生徒人気が高いのである。

わいわいと廊下を行き過ぎる黒い頭の向こうに、ふと晶水は目をとめた。

――山江だ。

だぶついた制服ズボンの裾を脛のあたりまでまくって、この寒いのに上着でなくグレイのニットベストのみである。背丈のわりに手足が大きいせいで、ちょっとアニメのキャラクタージみてコミカルな印象を与える。間違いなく、山江壱の後ろ姿であった。

「やま……」

かけようとした声が、途中で消えた。

神林佐紀が彼に駆け寄っていくのが見えたからだ。

佐紀がなにか話しかける。壱が振りむいて応える。どうやらふたりとも美術室へ向かうらしい。

体育以外の選択教科は基本的に、ＡＢＣ組とＤＥ組が合同である。美術は生徒数が多いので教室を分けようかという案も出たのだが、小日向が「ぜんぶいっぺんでいい」と請けあったのだという。だからＡ組の壱とＣ組の佐紀がいっしょに教室へ向かったところで、なんの不思議もなかった。

しかし、晶水はその場から動けずにいた。

右腕に油彩具セットを抱えた壱と、左手に提(さ)げた佐紀と。

腕と腕とがいまにも触れあいそうだ。佐紀の肩は壱の二の腕あたりの位置にあり、いかにもしっくりくる身長差だった。

　あげかけた手をおろし、晶水はきびすをかえした。


「……といったふうに、モーツァルトが後世に残した影響ははかり知れない。彼はまさしく天才で、天才らしく破天荒な人格でもあった……」

　バックミュージックに『フィガロの結婚』を流しつつ、音楽の教師が得意げに鼻をうごめかせて滔々(とうとう)と語る。

　歳のわりに額の後退したこの男は、秋から授業を受け持つようになった非常勤の教師だ。本来の音楽担当の先生が産休に入ってしまったため、その間だけのピンチヒッターである。

　ちなみに本日の授業は「『フィガロの結婚』を聴いて、感じたことを書け」というだけの、ひどくアバウトな課題であった。

「晩年のモーツァルトは不遇で、借金まみれだった。没落の理由のひとつに、彼の素行と口の悪さがある。どうやら彼は、トゥレット症候群というチックをわずらっていたらしいんだな。これは別名を汚言症とも言い、自分の意図しない言葉を断続的に発するというやっかいな……」

——どうしてこううちの教師陣は、そろいもそろって蘊蓄好きなんだろうか。

内心でため息をつきつつ、晶水は窓の外を見やった。

裏門へつづく銀杏並木の落ち葉を、校務員がせっせと掃き集めている。葉を半分以上落とした枝は、かなりさびしい眺めとなっていた。あと二、三回雨が降れば、きっと木々はすべて裸になってしまうだろう。

晶水の脳裏に、ふっとついさっきの光景が浮かんだ。

ためらいなく壱に駆け寄っていった佐紀。それに笑顔で応えていた壱。

——山江って、神林さんのこと好きになったのかなあ。

だとしても無理からぬことに思えた。

あんなかわいい子にあれほどはっきり好意の矢印を向けられて、嬉しくない男なんているわけがない。自分の身に置きかえて考えてみても、そりゃあ気持ちが傾くよね、と納得するしかなかった。

——そうか。だからわたしのこと、避けてたのか。

もしそうなら、確かに気まずいだろうと思う。いっときはあんなに「好きだ好きだ」とこっちにまとわりついていたのだから、顔を合わせづらいに決まっている。

「やっぱりいままでのナシ。ぜんぶなかったことにして」

なんて、いかな天真爛漫(てんしんらんまん)な山江壱でも言いにくいはずだ。

――じゃああの「きらいにならないで」っていうのは、「これからもいい友達でいて」って意味なのかな。

晶水は教科書に顔を伏せた。

――ってことは、いまだに千代さんに会いに山江の家へ行ってるわたしって、ものすごく空気読めてなかったんじゃないだろうか。

そうだよね、と思う。山江にしてみたら、千代さんがわたしに目をかけてくれてる限り、わたしとはあたりさわりなくやっていかなきゃいけないんだ。「神林のことが好きになったから、もう来ないでくれる？」なんてしれっと言ってしまえるほど、山江は情の薄いやつじゃない。

――だとしたら。

だとしたらいまの居場所を、わたしは神林さんに譲らなきゃいけないのか。

そう思った瞬間、はじめて全身がざわっとした。

いやだ、と思った。でもどうすればいいのかわからなかった。どうしようどうしよう、と気ばかりあせるが、なにひとつ対処法が浮かばない。

だいたいにおいて晶水の頭は、この手の「揺れ動く人間関係」だの「心の機微」だのといった煩雑な、いや、繊細な事象を考えるには向いていないのだ。

彼女は自他ともに認める竹をすぱんと割ったような体育会系少女であり、相棒の涌井美舟のフォローもあって、この歳までずっと「そういうキャラだ」と認識されてきた。はっきり言って初恋もまだだ。背ばかり伸びて、情緒面がいまひとつ育ってこなかったきらいがある。

——でも、いまは。

いまのこの状況は、なにかしら動かなくちゃいけない場面な気がする。

それはわかっているが、じゃあまずなにをするべきか、となると皆目見当がつかなかった。

わかるのはただ、「いやだ」ということだけだ。

いやだ。あそこを奪われたくない。千代さんと山江が迎えてくれるあの居場所を、誰にも譲りたくない。

心臓がちくちくする。目に見えないこまかな棘が、浅く深く、刺さって痛い。

佳境に入った『フィガロの結婚』ももはや耳に入らなかった。晶水はうつむき、両手で頭を抱えた。でももちろん、抱えたところで心が晴れるわけもない。それどころか、ただ悶々とするばかりだった。

と、そのとき、目の前に白い塊がぽいと投げこまれてきた。

塊は机を横断するように転がって、筆箱にぶつかって止まった。

晶水は顔をあげた。

ななめ前の席から手を振っているのは、蜂谷崇史だった。

投げ寄こされたのは、ルーズリーフをちぎってまるめた紙つぶてだ。怪訝に思いつつ、広げてみる。

ルーズリーフには書きなぐったような字で、

「おせっかいだとは思うけど、イチのやつが落ちこんでるから。もしかして石川、イチとケンカしてる？」

と書いてあった。

晶水は紙つぶての余白に「してない」と書きこんだ。すこし考えて「してないけど、最近あんまり話せてない。だからわたしにもわからない」と書きくわえ、投げかえした。正直すぎた気もするが、まあ蜂谷ならいいか、という気分だった。

崇史が返信を広げて読んでいる。

彼は肩越しにひょいと振りかえり、口のかたちだけで、

「訊いとく」

と言った。

晶水は反射的にうなずきかえした。

いつもなら「いいよ」、「だいじょうぶ」とついかぶりを振ってしまう場面だったが、なぜか首が勝手に動いた。

崇史がピースサインにした手をかるく振り、前へ向きなおる。

教師の蘊蓄語りはまだつづいていた。

「……モーツァルトが死んだとき、彼の棺に最後の埋葬まで付き添ってやったのは、たったのひとりしかいなかったそうだ。晩年はそれほどまでに見捨てられた存在だったんだな。やっぱり天才というのは後世になってから崇めるものであって、近くで親しむもんじゃないという好例だと……」

3

C組の教室に戻った途端、雛乃があたふたと駆け寄ってきた。

「アキちゃん、トシちゃんが具合悪いみたい。熱が出ちゃって、いま保健室にいる」

「熱？　高いの？」

晶水は眉根を寄せた。

雛乃が「三十七度五分だって」と答え、

「熱をはかるとこまではわたしも付き添ったんだけど、熱でしんどそうだし、寝たいみたいだから教室に戻ったの。解熱剤もらってたから、たぶんいまごろ効いてきてるはず」

「そっか、ありがとう」

晶水は抱えていた音楽の教科書を机に押しこんで、

「ごめんヒナ、わたしも熱が出たことにしといてくれるかな」

と雛乃を振りかえった。

「トシのとこ、行ってくる」

「わかった。先生に言っとくね」

わけも聞かず、心得顔で雛乃がうなずく。晶水は教室を出ると、来たばかりの廊下を足早に戻った。

保健室には、いつもの養護教諭がいるきりだった。薄いブルーのカーテンに遮られたベッドを晶水はちらと見て、

「ちょっと熱っぽいみたいで」

とせいいっぱいしおらしい声を出した。

さいわい養護教諭は、滅多にここを訪れない彼女の言葉を疑いもしなかった。拍子抜けするほどあっさり、

「じゃあベッドで寝ていきなさい」

と許可し、「気持ちが悪くなったり、寒気がひどくなったら声をかけてね」といたって優しかった。罪悪感に、晶水はちょっと目をそらしてうなずいた。しかしカーテンの向こうを思うと、後ろめたさもすぐに吹き飛んだ。

ブルーのカーテンの中へ、そっとすべりこむ。

ふたつ並んだうちの壁側のベッドに、女子生徒が横たわっていた。

美舟だ。あいたベッドへは向かわず、晶水は三脚椅子を引き寄せて、彼女のすぐ脇に腰かけた。

美舟は眠っていた。が、眉間に深い皺が刻まれている。うなされているというほどではないが、安らかな眠りにもほど遠かった。上下の歯をきつく食いしめている。

組んだ膝の上に頬杖をついて、晶水は親友の寝顔を眺めた。

起こそうとは思わなかった。悪夢は心をさいなむが、不眠は体を傷めつける。いまは体の疲れを癒やすほうが先決に思えた。

眼球が、まぶたの下で激しく動いている。夢をみているのだ。

きっともうすぐ目覚めるだろう、と晶水は思った。心が耐えられなくなって、はね起きるのだ。でもそれまでは寝かせてやりたかった。

　秀でた額に手をかざす。

　美舟はしっとりと寝汗をかいていた。唇がひらき、う、うと呻きが洩れる。布団から出た肩が、びくりと動いた。

　一拍おいて、美舟の両目が見ひらかれた。

　彼女はしばし呆然としていた。ここはどこだろう、という顔つきで首をめぐらす。視界に晶水が入ったらしく、あれ？　と唇が動いた。

　晶水は微笑んだ。

「おはよ」

「……おはよう」

　律儀に答えて、美舟がこめかみを指で押さえる。

「ああ、保健室か……。アキ、授業は？」

　晶水は答えず、肩をすくめた。

　美舟が苦笑する。

「わざわざ来てくれなくていいのに。解熱剤もらったから、心配いらないよ。どうせ単なる寝不足なんだしさ」

「〝単なる〟じゃないじゃん」

　小声で晶水は反駁して、

「いいからもうちょっと寝てなよ。横にいるからさ」

「でも」

「いいから」

　起きあがろうとする美舟の肩を、頑固に押し戻す。

「わたしがここにこうしてれば、誰もなにも、トシに寄ってきやしないから。だから、あとちょっとだけ寝てな」

　美舟がうすく笑う。

「アキがおっかなくて、誰も寄ってこないか」

「そういうこと」

「わかった。……じゃ、まかせた」

　すう、と美舟のまぶたがおりる。

　やがて、浅い寝息が聞こえだした。晶水はほっと息をついて、ポケットから携帯電話を取りだした。

どうするかな、と思う。さっき悩んだばかりだというのに、また違った方向へ胸が揺れる。

しかし意を決して、メールの新規作成を選択した。

送信相手は、山江壱だ。

「頼っていい？」

まずそう打ちこんだ。

「迷惑かもしれないけど、山江以外に思いつかない」

と。そうして美舟が発熱したこと、いま保健室にいることをつづけて打った。しばし迷って、送信する。送信完了のメッセージが表示される。

返事はわずか三十秒後だった。

「おれもいまサボリで、布留川先輩といっしょにバスケ部の部室。先輩もそーとー参ってるみたいだ。このままいくと、例の九人全員が順にばたばた倒れていくなんて事態もありえるかも」

という内容だった。

メールの最後は、

「早めになんとかしようぜ」

との一文で締めくくられていた。

4

表向き、発起人は葛城ということになったらしかった。

一年坊の壱や晶水が出しゃばるより、三年生でバスケ部元キャプテンの葛城を立てたほうが話が通りやすいと踏んだのだろう。

その目論見が当たったのかどうか、ともかくも放課後の屋上にはきちんと「くだんの九人」が全員しっかりと集まった。運よく風のない日で、やや肌寒いものの空はきれいな秋晴れである。そうでなければ晩秋の屋上など、とてもいられたものではない。

「こうして見ると、とくに共通点のない顔ぶれだね」

葛城と同じクラスだという女子生徒が、腰に手をあてて言った。

「学年もクラスもばらばらだし、部活も別べつ。葛城ってバスケ部でしょ？　で、松坂はサッカー部、春香は女子バスケ部」

「で、穂積は吹奏楽部だよな？」

葛城の問いに、穂積と呼ばれた女子生徒が「そう」と首肯した。松坂という名らしい上級生が壱を振りかえって、

「イチは助っ人だしな」

と言う。

「あ、おれのことは気にしないでください」

壱がにっこりした。

「おれはただの、カツラ先輩の助手なんで」

「なんだ、〝お仲間〟じゃねぇのか」

松坂が残念そうに舌打ちした。

そんな彼らを後目に、春香と呼ばれた顔に「見覚えがあるな」と晶水は思っていた。

確か皆で公園でランチをしたとき、高遠の隣に座っていた三年女子だ。どうやら高遠と同じバスケ部だったようで、いまは美舟になにやら声をかけている。本来なら、晶水の先輩にもなったただろう上級生であった。

「男女比率は……半々くらいかな」

一同をぐるりと見わたし、穂積が言う。

松坂が腕を組んだ。

「こうしてあらためて見ると、ほんと、わけわかんねえメンツだな。なんだってこの全員が、同じような夢ばっかかみる羽目になるんだ？」

と言いながらも、彼らはこの事態を面白がっているようだった。

まあ確かに、そうでなければいかなる葛城の呼びかけとはいえ、こうして時間を割いて集まることもないだろう。松坂にいたっては携帯電話を掲げて、

「なんか面白そうなこと起こったら、ツイッターにあげていいか？」

とへらへらしている。

どうやら美舟や布留川ほど体調を崩している者はほかにいないらしい。その差も不思議だ、とぼんやり晶水は思った。

彼らと、美舟や布留川と。いったいなにを共有し、かつ、なにを欠落させているというのだろう。

集まった面めんは、まず葛城。そして穂積、松坂、春香、布留川、美舟、晶水。そして晶水は名を知らない二年生男子がふたりであった。壱は葛城の後ろで、いかにも助手然としておとなしくひかえている。

「あー、ちょっとみんな、黙って聞け」

葛城が咳ばらいして、

「これは受け売りだけど、『体験と記憶と情報と気持ちと、外的誘因が一致していれば同じ夢をみる可能性は高い』らしい。というわけで、それがなんなのか探りたいと思うんだよな。

いつまでもあんな鬱陶しい夢みてんのいやだろ。原因究明しようぜ」

「……体験と、記憶と、情報と、気持ち」

穂積はゆっくりと鸚鵡がえしに数えあげて、

「じゃ、やっぱりなにか共通点がなきゃおかしいんじゃん」

と声のトーンを高くした。

「ここにいるみんな、蛇と怖いおばあちゃんの夢をみるんだよね？　はい春香、蛇といって連想するのは？」

鼻先に指を突きつけられた春香が、

「えーと、牙。毒。鱗。あとは……絡みつくとか、噛むとか？」

と戸惑いつつ答えた。松坂が顎を撫でる。

「おれはやっぱ、西塚のマムシ山だな」

「マムシ山といえば、辻堂さんとこの娘って、でっかい蛇の入れ墨してるらしいよね。高遠が言ってた」

と春香が言う。

「へえ」「知らなかった」と口ぐちに声があがる横で、

「それ、知ってた人ー」

と穂積が挙手をうながす。しかし手をあげたのは、晶水を含め三人のみであった。

「やっぱだめか。こんなんじゃ全員一致しないね」

穂積が苦笑する。

「なんだろう。みんな眼鏡かけてないとか？」

「そんなのこの九人に限ったことじゃないじゃん」

「じゃあえーと、全員痩せてる。全員、制服改造してない」

「それも以下同文」

額を突きあわせて、しばし彼らは考えた。

まず選択授業は何か。委員はやっているか。就職組か進学組か。彼氏彼女はいるか。しまいには星座や血液型、などというところまで質問は及んだ。だがどれも一致しなかった。

「あ、そうだ。出身中学は？」

穂積が言った。

「おれ新鞍中。穂積もだよな？」葛城が答える。

「おい、おれも鞍中だぞ」と松坂。

「あたしも」「わたしもです」と美舟や晶水がならう。さらに賛同の声がつづき、おおこれはいけるか——となりかけたところで、

「おれ、御厨中(みくりや)」

と九人目の布留川が手をあげた。

途端に、全員でがっくりと肩を落とす。

「これも違ったかあ」

「ほんとわけわかんないね」

落胆しきりの一同に、

「すんません。そんじゃここらでメインイベントでーす」

と壱が手を叩いて、声を張りあげた。

屋上の真ん中に集まるよう手まねきし、「みんなで輪になって。そう、ぐるっと」というがす。一分足らずで、フォークダンスでもするかのような人の輪ができあがった。穂積が目をぱちくりさせる。

「何これ？」

「ま、コックリさんみたいなもんだと思って」と壱。

「写メ撮っていいか？　ツイッターにあげたい」

松坂が携帯電話をかまえながら言った。春香が顔をしかめる。

「いいけど、ちゃんと顔んとこ加工入れてよね。ネットにあげた画像なんて、へたしたら永久に残るんだからさ」

「水着でもねえのに、んな堅いこと言うなよー」

晶水はすこし考え、壱と葛城の間に入ることにした。美舟と直接手を触れたなら、またあの〝事故〟に遭ってしまいそうだったからだ。

司会役の葛城が「んじゃみんな、手ぇつないで」と声をあげた。

晶水は思わず横を見た。

壱と視線がかちあう。一瞬、お互い躊躇したのがわかった。が、平静をよそおって手をつないだ。

「手ぇ握るのかよ。おれ、女子の間に入ろうっと」

松坂がいそいそと、美舟と春香との間に割って入る。

穂積がくすっと笑った。

「なんかこれじゃコックリさんて言うより、UFO呼ぶみたいじゃない？」

「ベントラベントラー、ってやつか。みんなで唱えてみるか」

「やばい、なんか楽しくなってきたかも」

最初の予想に反して、空気はいたってなごやかだ。悲壮感のかけらもない。葛城が「あぶないから、みんな座れ」といったん両手を離して呼びかけた。

「あぶないってなにがだよ」

　松坂が問う。

　葛城が答えた。

「これから目ぇつぶるからさ。誰か、ぐらっとするとまずいだろ、引っぱられて全員倒れちまう」

　まだ松坂はもの問いたげな顔だった。が、穂積が彼の肩を叩いて、

「まあいいじゃん、座ろ。床、濡れてないよね？」

　と微笑んだ。

　男子はその場にあぐらをかくか、もしくはしゃがみこんだ。女子はスカートの裾を気にして横ずわりになる。

「下、ジャージ穿いてくればよかった」と春香が小声でぼやいた。

「全員座ったか。よし、目ぇつぶれ。隣と手、離すなよ」

　葛城が言う。

　松坂がなにか言いかけたが、誰かが「しっ」と制した。晶水もまぶたをおろした。握った葛城と壱の手が、あたたかい。

　途端にがくん、と自分の首が落ちるのがわかった。

意識が遠のく。急速度で眠りに落ちる。まっさかさま、と言ってもいいくらいだ。落ちる。落ちていく。

こんなこともできるのか、と晶水はどこか他人事のように感心した。浮遊感がある。すでに現実からは隔絶されているのに、頭の一点だけがやけに冴えている。

映像が、眼前に次つぎ浮かんでは消えた。

どこかで見たような景色も、見た覚えのない光景も、いっしょくたに疾っては消えていく。スライドを切り替えるように、猛スピードで流れ過ぎていく。

まず見えたのは、冬枯れの野原だった。

家が見える。屋敷だ。本物よりやや禍々しく戯画化されてはいるが、おそらくマムシ屋敷だろう。大地主の辻堂邸であった。

藪の中を、蛇が這っている。

一種類ではなかった。夢の主のイメージに左右されているのか、さまざまなかたちをとっていた。灰いろの蛇、黒っぽい蛇。三角頭の蛇。中には、南米産のような真っ赤な蛇までいた。

のたうつ蛇の背景が、ふっと白くぼやけた。その白がゆがんで、もやもやとシルエットを成していく。

背中だ。女の白い背中だった。肌の上で、大蛇が身をくねらせている。

刺青だ、と晶水は思った。なまめかしいを通り越して、ひどくエロティックな眺めだった。

夢の中だというのに、晶水はすこしうろたえた。

白はさらにかたちを変えていった。ぎゅっと凝縮するように細まる。やや黄ばんで、象牙質の色を帯びていく。骨だ。藪の中の、蛇。そして骨。

丈の高い枯草の向こうに、老婆がいた。腰が曲がっている。顔じゅうに寄った縮緬のようなこまかい皺に、目鼻立ちが埋もれてしまっている。

晶水は息を飲んだ。

老婆の顔がはじめてはっきりと見えた。

右の顔半面に、べったりと大きな赤痣がある。ああそうか、彼女は悟った。美舟の家に泊まったとき、血と見まごうたのはあれか。あの赤が、血が流れているように見えたのか。

さらに映像が瞬く。

草原。二本の白い脚。脚が水に浸っている。水面に浮かんで揺れている。

きっとこれもイメージだ、と晶水は思う。なんのイメージかといえば、それはもちろん――。

はっと意識が覚醒した。

慌てて首をめぐらすと、皆の呆然とした顔が目に入った。

穂積がまだ半分夢の中にいるような顔で、

「やだ……あたし、いまマジで寝てた」

と言う。

松坂がうなずいた。

「おれも」

「あたしも……。例の夢、みた？」

春香がぼんやりと横を見て問う。

「みたよ。うわ、なんでこんな寒いとこで寝ちゃったんだろ」

穂積がかぶりを振り、「うそー、自分が信じらんない」と己の両肩を抱いて叫んだ。

どうやらみんなはただ瞬間的に寝入っただけのようだ。晶水は内心でほっとした。ということは、あの映像群を見たのはわたしと、そして。

ばちっと壱と目が合った。

壱がうなずきかけてくる。晶水もこくりと首を縦にした。

今度は気まずさは感じなかった。山江、仕事モードに入ったんだな、と晶水は思う。いま目の前にいるのは高校生の山江壱ではなく、夢見屋の壱だ。

松坂がぼうっとした顔つきで、

「なあこれ、ツイッターにあげていいか？」

と繰りかえした。


美舟を含むほかの八人が撤収してしまったあと、こっそり晶水は屋上に舞いもどった。

予想どおり、壱だけがまだ残っていた。

抜けるように高い秋空を背景に、鈍いろに光る内柵の上までよじ登っている。

「あぶないよ」

晶水は声をかけた。壱はそれには答えず、

「やっぱり、あの白骨死体どうこうの事件が関係してるよな」

と低く言った。

晶水がうなずく。

「わたしもそう思った」

「マムシ山ってとこの藪に、何年かぶりに捜索隊が入ったんだろ？　それがたぶん、悪夢の引きがねのひとつだ。もちろんそれだけじゃないだろうけど、一、二番目に重要な引きがねだったのはぜったい間違いねえよ」

人間は、夢ん中でまで嘘はつけないんだからさ——。そう彼は言い、

「その事件について調べてみようぜ」

と、内柵から身軽に飛びおりた。

5

市の図書館へは、バスで向かった。

平日夕方の館内はひどく静かで、心なしか照明も煙ったように薄暗かった。奥の机には勉強しているらしい学生や、せっせと郷土史を書き写している老人などがまばらに座っていた。

「すみません、新聞の縮刷版見せてもらえますか」

壱が、カウンターの司書に声をかけた。

「はい、何紙の何年、何月分でしょう」

壱が晶水を振りかえる。

「石川、ここらでいちばん読まれてる新聞ってなに？」

「北新日報かな。ローカル新聞だけど」

「んじゃそれ。六年前のを見せてください。えーと、秋から冬にかけてだから……九月から

十二月までのやつ」

司書が閉架から運びだしてきた縮刷版は、けっこうな厚さと重さだった。すみません、と何度も言って受けとり、いちばん奥の誰も座っていない机を陣取って座った。壱が九月号、晶水が十月号をまず請け負う。

記事はなかなか見つからなかった。ようやく十一月号で、

「あった、これだ」

と壱がささやく。

「えっとね……藪から白骨化した遺体発見……県警は七日、新鞍市西塚の藪中で白骨化した遺体の一部が見つかったと発表した。死因や死亡時期は不明。遺体は女性。着衣なし。発見場所付近に免許証や保険証など身元の確認につながるものは落ちていなかった。県警では遺体の身元特定を急ぐとともに、事故あるいは殺人・死体遺棄など事件との両面で捜査を進める方針——だってさ」

「続報はないのかな」晶水が言う。

「待って、探してみる」

壱がページをめくった。

その後、手分けしてくまなく探したが、続報の記事は見つからなかった。

「ということは、身元は判明しないままだったんだね」と晶水。

「だな。してたらニュースになるはずだもんな」

壱が首をひねった。

晶水がさらに声を低めて、

「ただDNA鑑定はしたはずだよ。高遠先輩が、調べたけどマムシ屋敷の娘とは一致しなかったらしい、って言ってたもん」

「じゃあDNAのデータベースでもひっかからなかったってことか」

うーんと壱が唸る。

「見つかったのが脚だけじゃ、歯型もわかんねぇし顔の復元も無理だもんな。おまけに白骨化してっから、指紋もとれないときてる」

壱がそう言い終えたところで、視線を感じて晶水は顔をあげた。

向かいの机に座った男が、唇に「しーっ」と指をあててみせる。晶水は慌てて一礼すると、壱の肩をつつき「返却して、出よう」とうながした。


「そういえばさ、『ありがたいお水』ってなに?」

帰りのバスで、吊り革(つりかわ)に揺られながら壱がそう言った。

唐突な問いだった。とっさに意味がとれず、晶水は「え？」と訊きかえした。壱が首をすくめる。

「訊こうと思っていままで忘れてたんだ。石川、おれん家で涌井に言ってたじゃん。『ありがたいお水買えとか、印鑑買えとか言わないから』って。印鑑はわかるし、壺とか多宝塔でもわかるんだけど、『ありがたいお水』ってなんだろうと思って。過去に誰か、その手の霊感商法にひっかかった身内でもいんの？」

「違うけど、えーと」

記憶を手探るように、晶水は視線をさまよわせた。

言われてみればそうだ、なぜそんな言葉が真っ先に浮かんできたんだろう。

「あ、そうだ。お山の神社」

晶水は顔をあげた。

運転手がブレーキを踏んだらしく、バスがぐんと前に傾く。

晶水はわずかによろめいた。右膝を事故で壊したせいで、前ほど踏んばりがきかないのだ。

思わず顔をしかめる晶水を、壱は見なかったふりで、

「お山の神社って？」

と訊きかえした。

「西塚のお山——」

と晶水は言いかけて、

「マムシ山の、藪があるほうじゃなくて裏の石段からのぼれる側に、古い神社があるの。いまはたぶんお参りする人もあんまりいないと思うけど、そこの湧き水がご利益があるとかって言われてたはず。昔、近所のお年寄りがよく汲みに行ってたのを覚えてる……かも」

「ああ、高遠先輩が言ってた神社か」

壱がうなずいた。

「てことは、そのころはまだマムシ山って呼ばれてなかったんだ?」

「うん。確か最初は藪のあたりだけ、マムシが出るから入るなって言われてたような気がする。で、それがいつの間にか、山全体の呼び名になった感じ」

晶水は答えた。こうしてあらためて訊かれると、ぼんやりとだが記憶がよみがえってくるから不思議だ。忘れていたというより、とくに気にもしなかった、だから思いだしもしなかった、というのが正確なところだ。

バスが停留所で止まった。

客が数人、ぱらぱらと降りていく。

「二人掛けんとこ、あいたな。座ろうぜ」

壱が親指で座席を指した。

晶水が首を横に振る。

「いいよ、立ってる」

「でもほかに立ってる人いないじゃん。んじゃおれだけ座ろーっと」

と言って、壱はさっさと二人掛けの窓際に座ってしまった。

すこし迷って、晶水も彼の隣に腰かける。気を使われたのがわかって、ちくっと苛立ちが走った。ただし壱に対してではない。自分のポンコツな膝に対してである。

窓の外では薄い雲が、夕日を浴びて桃と黄金いろに照り映えている。おそらくあと半月もして冬になれば見ることもかなわない、今年最後の夕焼けの色だ。

ぼそりと壱が言った。

「そもそもあの山、ほんとにマムシなんて出るんかな。石川、見たことある?」

「わたしはない。たぶん大人たちが脅し文句にしてただけだと思うけど」

あやふやに晶水は答えた。

壱は窓枠に頬杖をついてしばし考えこんでいた。が、やがてぱちっと大きな目をひらいて、

「ここはひとつ、頼れる大人に訊いてみるか」

と言った。

た。

〝頼れる大人〟こと、美術教師の小日向真雪は椅子をくるりとまわしてふたりに向きなおった。

「辻堂さんか、なつかしい名前だね」

場所は鐙田東高校の美術準備室である。小日向の背後には白い石膏の胸像やら、古い油絵をサンドペーパーで削った古いキャンバスなどがところせましと置かれていた。

「そう、地主の辻堂さん。先生、知りあいですか」

壱が訊くと、小日向は言下にきっぱり否定した。

「いやぜんぜん。個人的にあんまりいい記憶もないし」

「変人だったらしいすもんね」

「違うの。いい記憶がないのは死んだ父親じゃなくて娘のほうよ」

彼女は苦笑した。

四十代にしてはきれいな脚を高だかと組んで、

「もう十五年も前の話だから、時効だろうし言ってもいいか。じつはあたしの当時の教え子が、辻堂さんちの娘にストーカーされてね。学校まで巻きこむ騒ぎになったんだ」

「教え子って、男すか、女？」

「男の子。ストーカー規制法はもうあったはずなんだけど、まだまだ世間の理解度は低かったね。警察も、被害者が男の子だとわかったらぜんぜん相手にしてくれなかった。女子生徒につきまとわれて困ってる、って訴えても『もてるんだからいいじゃないですか』って鼻で笑われておしまいよ」

だから学校が間に入って、なんとかことをおさめる羽目になったわけ——と、小日向は肩をすくめた。

「なんであそこが〝マムシ山〟って呼ばれるようになったか、あんたら知ってる？」

「いえ」

晶水は首を振った。

「辻堂さん家の娘の真巳子は、ご主人が高齢結婚の末にできた待望のひとり娘でね。しかも巳年、巳の月、巳の日、巳の刻生まれなんていうドラマティックな出産だったもんだから、『神がかってる。この子はおれの守り神に違いない』ってご主人がはっちゃけちゃったのよ。それでなにするかと思いきや、あのご主人、藪に蛇を何匹も放してね」

「マムシですか」

仰天して晶水が声をあげる。

小日向は笑った。

「まさか。そこらのペットショップから買ってきた無害な蛇よ。ご主人の理屈じゃ、家のまわりを蛇たちで囲んで守らせるつもりだったらしいね。でも当然のことながら町内から苦情が出て、役所が駆除に駆けつけた。ご主人、かんかんだったそうよ。で、その一件を機に、もともと鼻つまみ者だったご主人と町内は決定的に決裂し、大人たちはまだあそこに蛇が残ってるのを恐れて、子供たちに『入るな』と言い聞かすようになった――って流れ」

「その脅し文句が俗称として定着した、ってわけですか」

「そういうこと」

と小日向は首肯した。

「ともかく、そんなご主人に溺愛されたもんだから、真巳子はやっぱり変わった子に育っちゃってね。親に恵まれなかった気の毒な子ではあるんだけど、困った子供だったのは確かよ。せいいっぱいよく言えば奔放、ずばり言っちゃえば男に惚れっぽくてしつこい、ってやつでね」

「その真巳子さんが、いま帰ってきてるらしいです」

「らしいね。わたしも噂で聞いた。三年の高遠が見かけたんだって？」

いえ見かけたのはわたしです、と言いかけて晶水はやめた。

小日向が唇を曲げて、

「どっかのチンピラみたいな男と付きあって、えらい大物の刺青を入れたってとこまでは知ってたけど——帰ってきたとはね。また騒ぎを起こしそうな、いやな予感がするよ」

やれやれ、とため息をついた。

「マムシ山の藪で白骨が見つかったときは、被害者は真巳子さんじゃないかって疑われたそうですね。警察がＤＮＡ鑑定までやったとか」

「白骨？　ああ、そんな事件あったたね。でもあれってとっくに解決したんじゃなかったっけ」

小日向が言う。

晶水と壱は異口同音に、

「え、そうなんですか」

と声をあげた。小日向がうなずき、言葉を継ぐ。

「警察が〝確たる物証〟ってやつをつかめなかっただけで、実質ほぼ解決したはずよ。犯人とみられた重要参考人が、とっくに自殺してることがわかってね。容疑者死亡により不起訴処分、ってことで事実上決着したわけ」

彼女が背にした窓の向こうで、はらりと銀杏の葉がひとひら落ちた。

夕方と夜のあわいに落ちた帰途を、晶水と壱はゆっくり歩いていた。肩を並べてではない。数歩先を壱が歩き、晶水がそれを追うかたちだった。

点滅する一灯信号。しらじらと光るコンビニの看板。車のヘッドライトに、ブレーキランプ。夜になりかけの仄闇の中、あざやかに浮きあがって目に痛いほどだ。

壱のスニーカーのかかとを見つめながら晶水は歩いた。

彼が一歩すすむたび、真っ赤なＮＩＫＥのマークが上下する。そのマークがふいに見えなくなったかと思うと、かかとではなく爪さきが見えた。

彼が振りかえったのだ、と気づくまでゼロコンマ数秒かかった。晶水はその場に足を止めた。

壱が妙に肩に力を入れ、じっとうつむいて立っている。

「あのさ、おれ」

絞りだすように壱が言った。

「うん」

晶水は短く答えた。それ以外、かえす言葉が浮かばなかった。

「まわりの先輩とかに、物怖(ものお)じしないやつだと思われてて」

「うん」

「で、おれもけっこう、わざとそういうキャラで押しとおしてたとこあって」

「うん」

「……そんでね」

壱が顔をあげた。

「そんで、おれ——石川に、訊きたいことがあんだけど」

ごくりと晶水の喉が動く。

壱と目がまともに合う。しかしそれは一瞬だった。彼の視線がゆれ、顔がくしゃっとゆがんだ。

「あー、すげえ怖え！」

突然頭を抱え、壱がしゃがみこんだ。

またた、と晶水は思った。ひるんで、無意識に数歩退がる。壱は両膝に顔を埋めたまま、両手で耳を押さえて叫んだ。

「なにこれ、怖えんだけど！　すげえ訊きてえのにすげー怖い！　なにこれ、なんなの？　超怖えー！」

ばっと彼が立ちあがる。

ばね仕掛けの人形が飛びあがったような動きだった。顔が真っ赤だ。目がうるんでいる。

いまにも声をあげて泣きだしそうだ。

「ごめん、やっぱ無理！」

一声叫ぶと、壱はまたも全速で駆け去っていってしまった。

第四章　枯木の小枝が鹿のように睡い

1

黄金いろの蜜が放射状に入った、美味しい林檎だった。

しゃきっとして、歯ごたえがある。水分不足で噛むと口の中がもさもさする安物とは違い、じつにみずみずしい。さすがは老舗食堂『わく井』で仕入れている品だけのことはある、と晶水は心中で感心した。

美舟の母が剝いてくれた林檎を食べ終え、彼女はいま一度親友の顔を覗きこんだ。

「トシ、もう寝たら？」

「いいって。べつに病人じゃないんだからさ」

笑って美舟が上体を起こす。額に巻かれた白い包帯が、なんとも痛いたしかった。

あれから晶水はひとりで帰途をたどり、自宅のドアを開けた瞬間、

「アキ、美舟ちゃんが襲われたらしい」

と父の悲鳴を頭から浴びせられた。

動転を通り越してパニックを起こしている父をなんとかなだめて聞きだすと、夕方ごろ涌井家から電話があり、

「娘が誰かに殴られて怪我をしたらしい。でも店は空けられないから、すまないが晶水ちゃんについていてもらえないだろうか」

と頼まれたのだという。

それで父の乙彦は、電話を切ってからじっと娘の帰りを待っていた。彼はとびきり優秀な頭脳の持ち主だが、日常生活ではまるで応用がきかない男だ。晶水の携帯電話にかけることも、メールしておいて自分だけ先に病院へ向かうことも思いつかず、ただひたすら待っていたらしい。晶水は父を落ちつかせてから、

「わかった、じゃあわたし今夜はトシについてるから。たぶん泊まるだろうけど、おとうさんひとりでよろしくね」

と言い置いて、タクシーで病院へ向かった。

さいわいなことに美舟は重傷ではなかった。頭部に包帯を巻かれベッドに寝かせられてはいたものの、意識もはっきりしていた。

医師は「大事をとって一晩泊まっていきなさい」とすすめたが、骨にも脳波にも異常はないと聞かされた美舟は「では帰ります」とかたくなに言いはった。

彼女の両親が保険証を持って迎えに来てくれたのは、結局店じまいした夜十時過ぎのことであった。

そうして晶水はいま、涌井家の美舟の部屋にいる。

林檎は美舟の母が「病院帰りだから、桃缶か林檎かねえ」と、ややピントはずれの気づかいをみせて持ってきてくれたものである。しかし肝心の当人は手をつけなかったので、代わりに晶水がぜんぶ食べる羽目となった。

「マムシ山の近くで殴られたんだって？」

林檎に刺さった国旗形のピックを皿に置き、晶水は言った。

なんでも額から血を流してふらふらおりてくる彼女を通行人が発見し、一一九番してくれたのだという。

病院を訪れた警察の事情聴取には、美舟の両親が間に合わなかったため晶水が付き添った。

「物陰から誰かに、なにか硬いもので殴られました。顔は見えませんでした」

と美舟は証言した。警察ははっきりとは言わなかったが、いたずら目的の変質者の犯行と考えたようだ。

「誰かに尾けられているような感じはなかった？」

「身のまわりで不審な人物を見かけたことは？」

と同じような質問を何度も発していた。しかし美舟の答えは変わらなかった。

「とくに心あたりはないです。顔は見ていません」

これだけだ。

警察は納得したのかどうか不明だが、ともかく一時間ほどで引きあげた。あくまで晶水の私見だが、さほど熱心に捜査する気はないように見えた。マムシ山の近辺で起こったということにも、とくに頓着していないふうであった。

ため息まじりに晶水は言った。

「なんでひとりであんなとこ行ったの、トシ」

「だってあたしの夢に出てくる場所って、あそこでしょ」

こともなげに美舟は答えた。

「こないだの屋上のアレで確信したの。そう気づいちゃったら、やっぱり行ってみたくなるじゃん。アキは忙しそうだしさ、付きあわせるほどのことでもないと思って」

晶水は顔をしかめた。声を低め、あらためて訊く。

「ねえ、いったい誰に殴られたの」

「わかんない」

美舟が首を横に振る。

晶水は無言で手をデコピンのかたちにし、ゆっくりと美舟の額に近づけていった。

「わあ、やめてやめてやめて」

大げさに美舟が体をそらし、

「ほんとに顔は見てないんだって」

と言う。それからふっと声のトーンを落として、

「……でもここだけの話、女だった。石みたいなのを振りあげた手が、ちらっと見えたの。女の手だったよ。それと、背が高かった。アキほどじゃないけど、たぶんあたしと同じくらいあったと思う」

では一七〇センチ前後ということか、と晶水は考えた。いまどき長身の女はめずらしくないが、それでも男と並ぶ背丈となればちょっと目立つ存在のはずだ。

美舟が眉間に指をあて、つぶやく。

「たぶんあれ、マムシ屋敷の娘だ。……辻堂真巳子、だと思う」

「辻堂の娘？　なんでその人がトシを殴るのよ。知りあいなの」

「まさか。そんなわけないじゃん」

「じゃあなんでよ。歳もぜんぜん違うし、接点ないじゃない」

「あたしに訊かれても知らないよ、そんなの」

弱よわしくかぶりを振る。

どうやら本心らしいとみてとって、晶水は質問をやめた。いかな美舟だって殴られたばか

りだ、まだ混乱しているだろう。もし彼女がなにか隠しているにせよ、いまは問いつめるべき場面ではなかった。

「……わかった。とにかく今日は、早く寝よう。眠れなくても、目をつぶって休んでるだけでいいから。ほら」

と、晶水は美舟をベッドに押し戻した。

電灯を消したのは、結局零時過ぎだった。

セミダブルのベッドに、晶水は美舟と並んで横たわっていた。

秋口だというのに、ふたりで布団に入っているとやはりすこし暑い。足さきに熱がこもって、なかなか眠れなかった。

月あかりで窓の外がほんのり明るい。

神経が昂ぶっているのか、美舟はしばらくの間、寝がえりばかり打っていた。だがようやく眠りに落ちたようだ。かすかに寝息が聞こえる。きっと体の疲労が、無理やり睡眠へと引きずりこんだのだろう。

乱れのない寝息をメトロノームのように聞いているうち、晶水はすこしずつ眠気に誘われていくのを感じた。

うとうとしかけては、自分の肩がびくりとして起きる。数度繰りかえすうち、やがて肩のはねる間隔が長くなり、意識ごと深いところへ沈んでいく。

ああ夢をみそう、と晶水は思った。

夢に飲まれる。侵食されていく。たゆん、となまぬるいゼリーに落ちこんでいくような短い感覚ののち、目の前に晶水は、冬の墓地を視(み)ていた。

北風が唸っている。ごうごうと哭いている。

読経の声が、虎落笛の音に混じる。顔も知らぬ僧侶の、肉の薄い背中が映る。

同じ夢だ、と晶水は思った。

でもこの前みたときより、ずっと視点が遠い。俯瞰(ふかん)とまではいかないものの、どこかから全体を眺めおろしているような感覚があった。あざやかだが、なまなましくない。現実感があり、同時にどこか客観的だ。

——これが明晰夢(めいせきむ)だろうか。

そう思った。

夢をみながら、夢だとはっきり知覚している。頭のどこかが醒めている。あたりを見わたしたが、美舟の姿は見えなかった。晶水はほっとした。

——これは、わたしだけの夢だ。わたし自身がみている夢だ。

ということは、美舟の意識に引きずられて同化する恐れはない。

きっと条件がそろったんだ、と晶水は内心で首肯した。

気持ちや記憶等の脳内材料と、外的誘因とがふたたびそろった。だからこそ、またこの風景を視ているのだ。でもその条件がなんなのかは、まだわからずじまいであった。

からからから、と骨が乾いた音をたてる。棺の蓋が軋みながらひらき、のったりと蛇が這いだしてくる。

だが先日感じたような恐怖はなかった。晶水の心は凪(な)いでいた。

木枯らしが哭いている。

まわりの木々をぎしぎしと呻かせ、枝を大きく揺さぶる強風だ。唸り声にも、啼泣(ていきゅう)にも似た音をたてて吹き過ぎる。耳をふさぎたくなるような凄(すさ)まじさだった。

しかし晶水は、ふと気づいた。

——違う。

これは、風の音ではない。だとしたらなんだろう。わたしはいま、いったいなにを聞いているんだろう。

よく聞け、と本能が警報を鳴らしはじめる。

晶水は目を閉じた。

よく聞け、耳をすませ。蛇が草むらを這う気配がする。読経がつづいている。でもそれよりも、この風の音を聞け。いまわたしはきっと、なにかをつかみかけている。

が、風は途切れた。

代わりに鳴り響いたのは、短いが鋭い悲鳴だった。聞き覚えのある声だ。

――この声。知ってる。

起きなくちゃ、と晶水は思った。意識がぐんと急浮上する。夢から現実へ切り替え、対応すべく、脳がフルスピードで回転する。

晶水は目をひらいた。はね起きる。

すぐそばに、おびえをいっぱいにたたえた美舟の顔があった。

さっきの悲鳴は美舟だ。悪夢にうなされた彼女が、耐えきれず洩らした声であった。そしてその声で、美舟自身も晶水も目覚めた。

そっと、晶水は手を伸ばした。美舟がびくりと身を引く。

「……だいじょうぶ」

晶水はささやいた。

「だいじょうぶだよ、トシ。ほら、わたしがここにいるでしょ」

応(いら)えはない。

いま一度、晶水は手を伸ばした。

今度は美舟は逃げなかった。そろそろと肩を抱き、引き寄せる。首すじから、じっとりと冷えた汗が匂った。

「だいじょうぶ。どんなに怖くても、夢だから。ほんとのことなんかじゃないんだから」

「……アキ？」

美舟が小声で問う。

寄る辺ない子供のような声音だった。晶水はうなずいた。

「うん、わたし」

数秒、沈黙があった。

美舟が長い吐息をつく。

「ああ、そっか、夢か……」

なかば魂が抜けたような、ぼやけた声だった。美舟は「ありがとう、ごめん」と言い、晶水の手をやんわり肩からはずした。

突然、窓の外をかん高い音が流れた。

ゴッドファーザーのテーマ曲だ。バイクの六連ホーンの音である。エンジンの重低音と、やや調子っぱずれのメロディとが重なりあって鳴り響く。

「なにあれ。……暴走族？」

晶水は振りかえり、カーテンを薄く開けて覗いた。

が、見えたのは家々の屋根だけだった。姿は見えず、ただ走りまわるエンジン音だけがうるさく存在を主張している。

どうやらマフラーを改造したバイクが、けたたましい音をたてて公道を走っているらしい。時おりエンジンを空ぶかしする音が混じる。静かな夜の街を、切り裂くように響きわたる轟音だった。

「なつかしいよね。最近また走りはじめたみたい」

美舟が低く言った。ようやく語調がはっきりしつつある。

「最初はやかましいと思ったけど、もう慣れちゃってさ。どんなに走りまわられても、この音で起きることはなくなっちゃった」

そのかわりべつの理由で起きるけど、と苦笑する。

「わたしん家からは、夜中にこの音は聞こえないや」

晶水はつぶやいた。

「アキんとこの町内は走行ルートに入ってないんでしょ、きっと」

と美舟が答える。

晶水の脳裏に、いつか聞いた千代の言葉がよみがえった。

——忘れているというか、そうね、とくに意識せずじまいだったことが、いまになって浮上してきたのかもしれへんわね。

「そっか。……バイクだ」

「え？」

美舟が訊きかえした。

晶水は勢いこんで、彼女の顔を覗きこんだ。

「ねえトシ、覚えてない？　ほら、小学四年のときよ。避難訓練で校庭に集まったら、暴走族みたいなバイクが乱入してきたことあったじゃない」

「ああ、そういえばあったかも」

——川の氾濫だか津波だかを想定して、高台に避難しろーってやつ。一、二回やったような覚えがある。

晶水自身が言った台詞だ。だが、違う。正確には校庭に生徒が集合しはじめた途端、バイクが数台入ってきて走りまわりはじめたため、教師が「津波の非常訓練に切りかえる。おまえら、高台へのぼれ」と怒鳴ったのだ。

命令にしたがって、すでに校庭におりていた晶水たちは高台へ走った。一方、まだ校舎にとどまっていた生徒たちは、バイク集団が去るまで中で待機することとなった。

「それで……わたしたちは高台、つまりマムシ山にのぼったの。そうだよね？」

晶水が言う。

こくりと美舟もうなずいた。

「うん、思いだしてきた。あの上から校庭をぐるぐる走ってるバイクを眺めてたのを、うっすら覚えてる。先生たちが、必死に追いだそうとしてたっけ」

「でもなかなか出ていかなくて、結局警察を呼んだんじゃなかった？」

「けっこう長い時間、あたしたちマムシ山にいたよね。やけに暑い日で、日射病になりそうだから早くおりたいって思った記憶があるもん。三十分くらいいたかな」

「あのとき高台に、葛城先輩もいた気がする。ていうか、マムシ山にのぼったのって、わたしたち以外はほとんど五、六年生だったはず。四年生で校庭に出てたのは、確かうちのクラスだけで――」

晶水は言葉を切った。

睡眠で整理された脳がめまぐるしく活動するのがわかる。彼女は額を掌で押さえ、

「トシ。その避難訓練やったのって、何月のことだったたっけ」

と問うた。

美舟が眉をひそめる。

「さあ。でも日射病どうこうって思ったからには、たぶん夏の終わりだったんじゃないかな。夏休みあけの九月とか？」

「だよね」

晶水は黙った。

人体がどれくらいの期間で白骨になるものなのか、晶水は知らない。でもふつうに考えて、冬よりは夏のほうが腐乱も白骨化も早いはずだ。そしてマムシ山で骨が見つかったのは十一月のはじめだった。もし夏に殺されていたなら、秋口に骨になっていてきっと不思議はない。

――わたしたちはあの日、マムシ山でなにかを見たのではないか。

そんな気がした。

悪夢の引きがねとなる〝外的誘引〟がもしバイクの音で、いまごろ葛城や穂積や松坂たちもこのエンジン音を夢うつつで聞いているのだとしたら。そしてあの高台にあの日、新鞍小の生徒だった彼らものぼっていたとしたら。

だったらわたしたちはきっと、あそこで事件に関するなにかを見たか、もしくは聞いたか、気づいたのだ。

おそらく目撃したんじゃないか、と晶水は思った。誰も眼鏡をかけていない、視力のいい九人。新鞍小学校から中学校へすすみ、鐙田東高校へ進学し――。

そこまで考えて、晶水はちいさく舌打ちした。

だめだ。布留川がいる。

布留川は御厨小中学校出身だ。彼はあの場にいなかった。あの日のあのバイクの音を、彼は聞いていない。〝なにか〟を目撃できたはずもない。

黙りこんでしまった晶水に、美舟はふっと伏し目になり、

「完全に目が覚めちゃったね。下でミルクでもあっためてこようか」

とベッドをおりた。

2

風はいっそう厳しさを増したようだ。

スカートの裾を押さえ、晶水は横断歩道の向こうを見やった。

作業着姿の男たちが、脚立にのぼって街路樹に電飾コードを巻きつけている。「そうか、もうイルミネーションの季節か」と思う反面、「あたりまえだ、こんなに寒いんだもの」と

も思う。たわんだ電線が、風で大きくしなっている。

山江家のたたずまいは、いつも静謐だ。

あの忙しなく騒がしい孫息子の存在が嘘のように、いつ見てもひっそりと景色の中に溶けこんでいる。とはいえその壱も、このところ別人のようにおとなしいのではあるが。

——やっぱり、ちゃんと話さないとだめだなあ。

晶水はほうっと吐息をついた。

壱がたとえ神林佐紀を好きになったのだとしても、晶水に咎めだてする権利はないのだ。同時に、壱がそれを詫びる義務だってない。

べつに付きあっていたわけではないのだから、当然だ。

時おり妙に胸がきゅっと痛むが、それは純粋に晶水側の問題である。壱になにかしてもらおうとは思わないし、その筋合いもない。ただ理由もはっきりさせぬままに、気まずい空気がつづくのはいやだった。

黒光りする『ゆめみや』の看板を横目に、晶水は格子戸へ手を伸ばした。

だがその前に、戸はがらりと開いた。

晶水は思わず後ろへ飛びのいた。

眼前に立っていたのは布留川だった。制服姿で、かばんを肩に掛けている。どうやら授業を終えてまっすぐ山江家に寄ったらしい。

戸惑い顔の晶水にかるく目礼すると、布留川は足早に通りを渡っていってしまった。

「あらアキちゃん、いらっしゃい」

上がり框から千代の声がする。なんとはなしに布留川の背を見送っていた晶水は慌てて振りかえり、

「あ、こんにちは。先日の容器、かえしに来ました」

と右手の袋を千代に手渡した。

次いで左腕に抱えていた包みを、両手で持ちなおす。

「それとこっちは、父からです」

つまらないものですが、と型どおりに頭をさげた。

中身はおそらく洋菓子だ。おそらくというのは、晶水は中身を知らないからである。たぶん父の乙彦も見ていない。

父が言うには、山江千代の存在をちらっと会社で洩らしたところ、

「親戚でもなんでもないおばあさん？　いつも娘さんがお世話になってるんですか？　え、ご近所でもないの？　お惣菜のおすそわけまでいただいてる？　だめですよ、石川さん。それ親として、ちゃんとお礼をしとかなきゃ」

と、同じ開発チームの女子社員たちからこてんぱんに叱られたのだそうだ。しかしなにをあげたらいいか、とまごつく乙彦を見かねて「無難に消えものでいいでしょう」と女子社員たちはお菓子の銘柄まで選んでくれたという。

そうして昨夜、父は見知らぬ菓子の箱を提げて帰宅したというわけだ。

娘として、まことに申しわけなくも恥ずかしい話であった。十二月になったらクリスマスにかこつけて、くだんの女子社員たちへケーキの差し入れでもするよう、父に重じゅう言っておかねばなるまい。

「あらあら、ええのに。どうしましょう」

千代が袂を口もとにあてた。

「こんなんいただいてしもたら、おかえしがたいへん」

「いえ、いつもお世話になってますから。そんな、おかえしなんておそれおおい」

思わずおかしな言葉づかいになってしまう。ばたばたと手を振りつつも、晶水は千代にうながされるままに三和土で靴を脱いだ。

「布留川先輩、来てたんですね」

「そうやの。でもあの子のは、もう一、二回で終わるかしら」

急勾配の階段を先導してのぼりながら、千代が言った。

晶水が口をひらきかけたとき、二階から話し声がした。しわがれた男の声だ。壱がなにやら相槌を打っているのも聞こえる。

「ふたりとも、お客さんよ」

千代が声をかけると、まず壱が顔をあげた。次いで、白髪頭に不釣合いな広い背中が振りかえる。鉄老人であった。

「楽しそうね、なんのお話？」

「なんでもない。男同士の話！」

壱が高速で首を振った。

鉄老人がにやりと笑って、

「おう、別嬪のお嬢ちゃんか、ひさしぶり」

「おひさしぶりです」

晶水は一礼して、鉄の横に腰をおろした。

以前セクハラめいた言葉を投げかけられた気がしないでもないが、そのときもとくにいやな感じはしなかった。おそらくは鉄老人のかもしだす、恬淡とした空気のせいだろう。世捨て人とまで言ったら言いすぎだろうが、たたずまいがなんとも風情よく枯れている。

「アキちゃんからお菓子をいただいたのよ。鉄さんもどうぞ。甘いものもいける口でしょう」

千代が裾をさばいて座り、硝子の急須を手にとった。

透きとおった急須の中でゆっくりひらいていく茶葉を横目に、菓子箱を開ける。

中身はプリザーブドフラワー付きの焼き菓子セットであった。かわいらしい雪だるま模様の缶に、フィナンシェやマドレーヌ、色とりどりのマカロン、パウンドケーキ等が個別に包装されておさまっている。

さすがいまどきの理系女子は気がきいてる、と晶水はこっそり感心した。晶水自身が選んだとしてもこうはいくまい。

「まあすてき。お菓子も可愛らしいこと」

おとうさんはセンスがええわね、と誉められて、晶水は「いや、あの」とつい下を向いた。

ほどよくぬるく、ほどよく渋い煎茶を飲みながら、

「あの、食堂『わく井』のおばさんが、鉄さんに会いたがってました」

と晶水はかたわらの鉄を見やった。

鉄老人が目を剝く。

「なんだ嬢ちゃん、八重ちゃんと知りあいかい」

「いえ、トシ……じゃなくて、美舟、ちゃんと友達なんです」

あやうく舌がもつれそうになった。呼びなれていないちゃん付けは、言いにくい上にどうも違和感がある。

鉄が笑った。

「『わく井』には、こないだツラぁ出したよ。変わらねえな、あの店も。あいかわらず銭にもならねえ年寄り連中が、奥の座敷で何匹ものたくってやがった」

「鉄さんて、このへんの生まれじゃないですよね？」

重ねて晶水は訊いた。

まず言葉が違う。この地方特有の訛りがない。鉄の言葉づかいは、時代劇か寅さん映画で観るような伝法なものだった。

鉄がうなずく。

「ああ、おれの師匠の生まれ故郷がこっちなんだ。師匠がいきなり帰るって言いだすもんで、食いっぱぐれちゃいけねえとくっついて来て——そうさな、三十年以上住んだかな。師匠の葬式を出したあとはあちこち転々として、そこでこの千代さんとも知りあったってわけさ」

「まさかこないなところで再会するとはね。縁というんは、けったいなものですわね」

ころころと千代は笑った。

湯呑に口をつけながら晶水はすこし考えた。

地元民ではないとはいえ、三十年以上も住んだなら昔のことをきっと知っているだろう。正直、鉄の姿を見たときはちょっとばかりがっかりした。千代や壱に、ここ最近のあれやこれやを聞いてもらおうと意気ごんでの訪問だったからだ。

しかし、これはこれでいい機会かもしれなかった。

父の乙彦は町のゴシップなどまるで興味がない。涌井夫妻は商売がら口が堅い。だが鉄老人なら顔も広そうだし、きっと町の事情にも通じていたのではないか。そんな気がした。

晶水は口をひらいた。

「あの、鉄さん。——地主の辻堂さんのことって、なにかご存知じゃないですか」

「辻堂？」

鉄が訊きかえした。

その向こうで壱が目をぱちくりさせる。晶水は彼にかるくうなずいてみせた。瞬時にいろいろ察したらしい壱が、

「ああ、そういや石川がよくない夢ばっかみるらしいんだよ。鉄じいも協力してよ」

さらりと言う。

「ほう、お嬢ちゃんくれぇの歳でも夢なんぞみるか。おれの若いころは、目をつぶったら翌

朝までぐっすりだったがな」

　鉄老人は顎を撫でた。

「そうか、お嬢ちゃんが困ってるんなら、おれもなにかしなきゃあな。で、協力ってなぁ、なにすりゃいいんだ」

「マムシ山の夢をみるんだってさ。マムシ山とマムシ屋敷の住人のこと、なんでもいいから知ってたら教えてよ」

「マムシ山？　なんだそりゃあ」

　鉄が怪訝な顔をする。

　どうやら彼がいたころはまだ『マムシ山』の呼称はなかったらしい。壱が身ぶり手ぶりで、

「ほら、えーと小学校の近くで、桜並木がある山。山っていうか丘かな。あそこに辻堂さんのお屋敷が建ってるじゃん」

「ああ、西塚のお山か」

　壱の言葉に、鉄はううむと唸って腕を組んだ。

「しかし辻堂の主人なんてなぁ、もうとっくに死んだだろう。葬式のために舞い戻ってやるほど親しかなかったが、昔はこの町のどこへツラ出しても、あいつの噂を聞かされたもんだったなあ」

「噂って？」

「いいのから悪いのから、さまざまさ。いや、いいのはめったになかったか。なにしろたいした変わり者だったからな、辻堂の若旦那は」

「そのころはまだ〝若旦那〟だったんだ」

「そうさな、まだせいぜい四十代ってあたりだった。若旦那はおれより七つ八つ上だったはずだ。変わり者で、道楽者で、凝り性だった。いや、あれは偏執的って言ったほうがいいか」

「ふうん」

抹茶のマカロンをかじりながら、

「んじゃ、当時はなにに凝ってたの」

と壱が訊く。

鉄がお茶で舌を湿らせ、

「まず、ひとつは写真だな。ほれ、駅前に神津写真館って古くさい写真屋があるだろう。あそこへ通っちゃあ、着飾ったてめえの写真をばしばし撮らせて、ショウウインドウに飾らせてやがったんだ。言っとくが、カメラが買えねえほどの大昔の話じゃねえぞ。たかだか四十五、六年前のことだ。むろんあのころのカメラはまだ高価だったが、庶民の手にだってとっくに普及してたさ。それを若旦那は『写真てのは、プロに撮らせなきゃ意味がない』だとよ」

「撮るほうに凝ってたわけじゃないんだ。撮らせるほうに凝るってめずらしいね」

「ナルシストなのさ」

鉄は肩をすくめた。

「なによりてめえが大好きなやつだったんだよ、あの若旦那は。そうでなきゃあ、いやがる許婚(いいなずけ)の訴えを無視して写真を撮らせつづけるなんてこと、するわけねえ」

「あら、許婚がいはったの？」

千代が言った。

鉄が首肯する。

「いとこだか、はとこだか忘れたが、とにかく血縁のお嬢さんだそうだった。神津写真館の二代目とおれは飲み仲間だったんで、たまに写真館で辻堂の若旦那とはちあわせすることがあったんだ。旦那はいやがる許婚を、引きずるようにしてカメラの前に連れていってな……いま考えりゃ、あのころからとっくにおかしかったな、あいつぁ」

「許婚さんは、写真が嫌いだったの？」

壱が問う。

「いや、嫌いというか」

鉄はすこし言いよどんだ。

「ちと言いにくいがな、顔のこっち側に」

右半面をすいと指さして、

「生まれつきの赤っぽい痣があったのさ。それもかわいそうに、歳をとるごとに濃くなってきたらしいんだ」

晶水は息を飲んだ。

3

——生まれつきの赤っぽい痣があったのさ。

顔の右半面にあるという赤痣。

夢でみたあの老婆も、そうだった。ということはやはりあの老婆は、マムシ屋敷の奥さんなのか。だとしても、なぜ彼女が皆の夢にあらわれるのだろうか。

壱が首をかしげた。

「なんで若旦那は、そんな無理に許婚さんの写真を撮らせたんかな。いっしょに撮りたいわけでもあったの？」

　すると鉄が吐き捨てるように、

「女を顔で選んだんじゃねえ、つまり自分はそんな俗物じゃねえ、と言いたかったのさ、あのナルシスト旦那は。そのアピールのために無理やり写真に撮って、ショウウインドウにまで飾らせてやがったんだ。てめえだけがかわいいやつだってのが、その一事だけでもよくわかるだろ。くだらんアピールに利用された許婚の気持ちなんか、おかまいなしなんだ」

　と言った。

「……あの、辻堂さんって五十歳近くなってから結婚したって聞いたんですけど」

　おずおずと晶水は口をはさんだ。

「許婚の女性がいるなら、なぜもっと早く結婚しなかったんでしょう」

　鉄が、わずかに顔をしかめた。

「うーん、これまた、若い嬢ちゃんの前では言いにくい話なんだがな」

　横目で千代をうかがいながら、言葉を選び選び言う。

「その、なんというか、夜の店に通うともらう病気ってのがあってな。その中でも、若旦那はとくに重いやつが伝染っちまったんだよ。で、そいつを治すまでに何年もかかったんだ」

「最低じゃん、そいつ」

壱がばさりと切り捨てた。

「そんなやつ、よく結婚できたなー。やっぱ金持ちだから？」

「まあ家柄もあるし、しがらみもあったろうな。許婚のお嬢さんだって、いまさらよその家にってわけにはいかなかったんだろうさ。写真のせいで、へんに顔が売れちまったのもよくなかった。なんというか――痣のことが知れわたってたせいで、よけいほかに貰い手がなかったみてぇだ。いやな話だがな」

ゆっくりと鉄はかぶりを振った。

「しかしおれがこの町にいたのは、西塚のお屋敷を改築するとかなんとかで、業者が出入りしだしたころまでだぞ。そのあとは何年かに一度ふらっと帰るか、知人づたいに噂を聞くだけだったからな。いまのあの家のことで、話せるようなこたぁなにもねえなあ」

「真巳子さんのことはどうですか」

晶水は慌てて割りこんだ。

「辻堂真巳子さん。例のお屋敷の、ひとり娘だそうです」

「ああ、若旦那の秘蔵っ子か」

鉄がうなずいた。

「巳年巳の月、巳の日に巳の刻生まれってことで、若旦那、舞いあがっちまったらしいな。

蛇の化身だ、守り神だなんて大騒ぎして、おかしな男がいっそうおかしくなっちまった。だがいくらなんだって、てめえの娘をあんな育てかたしちゃいけねえよ」

「あんな育てかた、って？」

壱が訊く。

鉄はいやそうに顔をゆがめて、

「まず、欲しいというものはなんでも買ってやる。わがまま放題にさせて、ろくにしつけもしやがらねえ。おねしょもお洩らしも叱らねえから、あの子は六、七歳になってもまだおむつをあてたっけ」

と唸った。

「そんな調子なもんで、当然友達もできねえ。しょうがねえから金か物品で釣るか、男に体を触らせるかして、あの娘はまわりに相手してもらってたらしいな。だが若旦那――そのころにはもうただの旦那になってたが――は、止めもしなかったそうだ。それどころか『さすが頼もしい。蛇性とは淫なるものだと上田秋成も言っている』なんぞとほざいて、娘を誉めたってんだから、心底いかれてやがら」

舌打ちして、ぐいと鉄はぬるい茶を呷った。

「誰もはっきり言わなかったが、ありゃあよくない病気が、晩年は脳にまわってたんじゃねえかな。ふつうじゃなかったぜ、あの旦那」

「噂じゃ、娘さんの成人祝いのためにお屋敷の改築をはじめたんだとか」

晶水が言った。

「らしいな。おれが知ってるのは『自慢の娘を見せびらかす』だのと言いだして、屋敷の前面を硝子（ガラス）張りにしようとしてたあたりまでだ。何年かして戻ってきたら、硝子どころか雨戸でぴっちり閉ざされちまってたがな。噂に聞いたところじゃ、逆に『娘が奪われる』、『誰も見るな』と騒ぎだすようになって、そうなったらそうなったでまた手がつけられなかったんだそうだ」

ふう、と大仰なため息をつく。

「鉄じい、その真巳子さんて人が、蛇の刺青してるらしいんだけど知ってる？」

壱が言った。

鉄がちょっと目をすがめて、

「ああ、畳屋の安次（やすじ）から聞いたぜ。あの娘、なんでも安珍清姫（あんちんきよひめ）を背中いちめんに彫ったらしいな」

「アンチンキヨヒメってなに」

訊きかえす壱に、鉄ががっくり肩を落とした。

「イチ、おまえはほんとに学がねえなあ」

「しょうがないじゃん。おれフツーの高校生だもん」

口をとがらす壱の頭を「わかったわかった」と鉄はかるく撫でて、

「昔むかしあるところに、やたら男前の坊さんがいたんだ。その安珍てぇ坊さんに一目惚れしたのが清姫さ。清姫は言い寄ったが、安珍は『帰りにまた来るから』だのとてきとうにごまかして、相手にしなかった。それが嘘とわかった清姫は怒り、火を噴く大蛇に化身して安珍を追っかけまわした。しまいに安珍は寺の釣鐘（つりがね）の中に隠れた。だが蛇になった清姫は鐘の上から巻きついて、惚れた男をついに焼き殺してしまった――ってな話だ」

と立て板に水で述べたてた。

「で、清姫はどうなるの」

「蛇のまま入水（じゅすい）自殺して、はいおしまい、さ」

「なにそれ。結局なにが言いたい話なわけ？」

呆れ顔になる壱に、鉄が苦笑した。

「あのな、これぁべつに教訓ばなしじゃねえんだよ。まあ強いて言やあ、女を騙すなら最後まできっちり騙しとおせ、ってことか」

「鉄さん」

それまで黙っていた千代が、やんわりと彼をたしなめた。

鉄はしまったという顔で咳ばらいをして、

「まあ、それはそれとして、ともかく辻堂んとこの娘は『巳の年巳の月、巳の日巳の刻生まれの女だから、蛇を彫るのがあたりまえ』なんぞと一丁前の啖呵(たんか)を切って、安珍清姫を彫久の二代目に彫らせたんだそうだ」

と早口で言った。

「鉄さんの龍王太郎は、初代彫久の作品よね」

千代が言う。

鉄はうなずいた。

「ああ。だが初代はもう歳で針が使えなかったし、このへんでましな和彫りができるのは、ちっと腕は落ちるとはいえ二代目くらいだ。おまけにやつぁ、母親似のなかなかいい男なんだよな。あの真巳子がお近づきになりたいと思うのも、まあわからんでもねえさ」

ふいと彼は晶水に首を向けて、

「そういやあ、前にお嬢ちゃんに言った『背の高いすらっとした女は刺青が似合う』ってのは、じつは二代目彫久の受け売りなんだ」

と言った。

「あいつは父親と同じく、龍だの緋鯉だの蛇だのといった鱗ものが得意でね。とくに蛇が得意で、てめえは大蛇丸を背負ってた。自分好みのすらっとした色白の女にも、蛇の図柄をすすめるのが癖だったようだ。釣鐘に巻きついた大蛇の清姫なんざ、まさにあいつの得意中の得意だったろうなあ」

懐かしげに目を細める。

確かに辻堂真巳子は長身であるらしい、と晶水は思った。高遠が「当時こっちは子供だったからずいぶん大きく見えた」と言っていた。

——そして美舟を殴った女も、やはり背が高かった。

千代が彼を見やって、

「そういえば二代目は亡くなった、ってこないだ鉄さんが言うてはったわね。いつ、なんで亡くなられましたの」

「ああ、それもまたいやな話なんだがな」

鉄は眉宇を曇らせた。

「二代目のやつ、てめえの助手を殺して死体を捨てたあと、雲がくれしやがったんだよ」

晶水はぎくりとした。

鉄がかぶりを振る。

「数箇月して、縁もゆかりもねえ町の廃屋で首を吊ってるのが見つかったらしい。その前に、知人宛に遺書を送っていたそうでな。『おれの腕で、ひとひとり殺した。後悔はしていないが、もう生きてもいられない。借金かえせず、すまない』だとよ」

　壱が身をのりだして、

「それってもしかして、マムシ山に骨が撒かれてた事件のこと？」

「よくは知らねえが、おそらくそれだろう。おれが聞いたのは、〝ばらばらにして藪に捨てた死体が、白骨化してようやく見つかったらしい〟って話だけだ」

　そうだ、小日向が言っていた、と晶水は内心でつぶやく。

　――警察が〝確たる物証〟ってやつをつかめなかっただけで、実質ほぼ解決したはずよ。犯人とみられた重要参考人が、とっくに自殺してることがわかってね。表向き迷宮入りってことで事実上決着したわけ。

　つまり犯人はその二代目彫久で、被害者は助手ということか。

　――わたしたちは、その犯行現場を目撃したのだろうか。

　晶水は爪を噛んだ。

　辻堂真巳子も、その刺青師となにやら深い交流があったようだ。もし犯行がマムシ山でおこなわれたというなら、きっと彼女も無関係ではあるまい。彼女は共犯なのだろうか。でもなぜ彼女は美舟を殴ったのだろう。

葛城や穂積たちも同じ夢をみるが、美舟や布留川ほどおびえてはいない。おびえのもとはいったい、なんなのだろう。美舟はあの日、晶水たちが見なかったものをなにか目にしたのだろうか。だとしたら、布留川はどこでどうしてそれを見たというのか。

思考に沈みかける晶水を、「鉄じい」と言う壱の声がふっと引き戻した。

「あのさ、神津写真館てとこに行けば、辻堂さんたちの写真ってまだあるのかな」

「写真？　なんだ、見たいのか」

「石川の夢に、辻堂さん家の奥さんっぽいおばあちゃんが出てくるらしいんだ。本人かどうか確かめたいなと思って」

鉄が低く唸った。

「どうだかなあ。娘が生まれてからあの旦那、娘の写真ばっかり撮らせるようになって女房はそっちのけだったらしいからな。奥さんの写真は残ってるかどうか、あやしいとこだな」

まあ訊いてみるか、と鉄がかばんをごそごそ手探る。

あらわれたのは、鉄老人には不似合いな最新型のタブレット端末であった。慣れた仕草で彼はちょいちょいと画面をタップして、

「年寄りは目がかすむからな、メールするにはこのくれえ大きいのでないとだめなんだ」と照れたように笑った。

千代が「えらいわねえ、わたしはネット通販でお取り寄せするのんでせいいっぱい」と感心している。

神津写真館の現主人は十分ほどで返事を寄越した。

「探してみて、あったらスキャナで取りこんで送る」

だそうで、昨今はやはりどの商売もデータ化の一途をたどっているらしい。さらに二十分ほど待ったところで、鉄のタブレットに写真データが届いた。

写真は三葉あった。

どれも同じ男女が写っている。おそらく男が辻堂の〝若旦那〟で、女がその妻なのだろう。

一葉目はまだふたりとも若い。白黒である。女の右半面に、額から頰にかけて薄墨を流したような痣が見える。

二葉目は三十代なかばに見えた。こちらはカラー写真だ。心なしか女の痣が濃くなったように見えるが、これは画面に色がついたゆえの錯覚だろうか。

「なんだ、美人じゃん」

タブレットを覗きこんで壱が言う。

確かに痣がなければ、細君は整った目鼻立ちの美女だ、と晶水は思った。だがそれだけに、いたましいものがあった。

三葉目は婚礼写真だった。

男は紋付袴で、女は白無垢である。歳のころは四十なかばになっただろうか。女は顔をそむけるように、左の横顔だけを見せてななめに座っていた。伏せた睫毛が、頬に濃い影を落としている。

対照的に男は、カメラに顔の正面を向けて立っていた。仁王立ちのような姿勢だ。自信に満ちた目が、ライトを受けてか奇異なほどぎらついて見えた。

4

「布留川先輩を今日、夢見するって」

晶水の携帯電話に壱からそうメールが届いたのは、三限目が終わっての休み時間のことであった。

「わたしも行っていいの」

と打ちかえす。壱からの返信はあっさりしたもので、

「ばあちゃんが、よかったら来てってさ」

との短文のみであった。

放課後に山江家を訪れた布留川は、両目の下にどす黒い隈をくっきりとたくわえていた。顔からも体からも、すっかり生気が抜けてしまっている。

「夢が変わったでしょう」

やんわりと、だが断定口調で千代が言った。

はい、と布留川は即答して、

「悪いほうに、変わってます。流れはだいたい同じで、墓地を通って林へ出るんですが……走る距離がどんどん長くなって、そのぶん何度も何度も追いつかれそうになるんです」

疲れたように布留川は声を落とした。

「いっそつかまってしまおうかって、おれは夢の中で考えるんです。もういいか、って。つかまったほうがいっそ楽かもしれない、だって、おれが悪いんだから、って」

「いったいあなたは、なんの悪いことをしたの？」

千代が問う。

布留川は唇を嚙んだ。

「わかりません。でも夢の世界でのおれは『つかまって償おう』と考えているから、たぶんなにか罪を犯したんでしょう。でもいざそいつがすぐ近くまで迫ると――おれはまた怖くなって、往生際悪く走りだします。走っても走っても、ぜんぜんスピードが出ないんですけど、それでも走るんです」

「ほんとうの悪夢の中で、現実どおりに速く走れる人は多くあれへんわね。うまく足が動かない、声が出ない。たいがいそういうものよ」

千代が言った。

「でも、もうすぐあなたは思いだしますよ。夢がいっそう怖くなっているのは、脳の中の過保護な部分があなた本体を守ろうとしているから。一方では思いだしたい、もう一方では思いだしたくない。そのせめぎあいが、あなたの眠りをつらいだけの、休まらないものにしているのね」

「このまま思いださない――っていう選択肢は、ないんですか」

布留川がぽつんと言った。

「ここまでして、脳味噌が蓋をしようとしてるものなら、忘れていたままのほうがいいんじゃないでしょうか」

「ごめんなさいね。それはわたしが決めることではないの」

千代は微笑んだ。

「夢をみるのはあなた。無意識を左右しているのもあなたです。わたしはほんのすこし、その手助けをするだけ。あなたが本心から『忘れていたほうがいい』と思うなら、夢は自然とおさまっていくはずですよ」

「そう、ですか」

布留川はうなだれた。千代はそんな彼を柔和な目で見おろして、ついと壁ぎわの孫息子を振りむいた。

「さあイチ、向こうの寝間に、布団を用意してちょうだいな」

布留川の夢に落ちるまでは、やはりレモンソーダに似た海があった。

沈んでいく。夢の世界なので純粋に感覚的なものでしかないが、それでも晶水はこぽこぽこぽ、と水の中ですこしずつ息を吐く。

閉じていたまぶたをひらくと、晶水は硝子(ガラス)状の床の上にいた。

美舟のとき感じたそれより、ずっと硬くてしっかりしている。まるでほんものの硝子のようだ。どこかで聞きかじった「硝子は液体の性質を持った固体」だという言葉を、晶水はぼんやりと思いかえした。

透きとおった床を通して、景色が見える。

墓石らしい灰いろの影の間を縫って、少年が走っていた。きっとあれが布留川だ。晶水は目を細めた。

懸命に手足を動かし、必死で駆けているのがわかる。だが、ひどくのろい。以前見たときより、輪をかけて速度が落ちている。

藪の中をなにかが這って、彼を追っていた。

ざざざ、と草の鳴る音がやけに高い。その音が、草をかき分けてすすむ影の濃さが、おびえる布留川をさらに追いたてる。

布留川は何度も振りかえる。

彼が何度もあきらめかけるのがわかる。つたわってくる。

荒い息づかい、激しい動悸。冷や汗にまみれながら、こんなことはもういやだ、と彼は思う。いっそつかまって楽になってしまおう、と幾度も己に言い聞かす。

だがいざ追手の手が迫ると――彼はまた弾かれたように駆けだす。恐怖が、疲労を打ち負かす。

走る。死にものぐるいで走る。

だが速度はまるで出ない。足がもつれ、たたらを踏む。

起きたときはまた、疲労がべっとり体じゅうにまとわりついているに違いない。すこしも休まらない夢だ。みればみるほど精神を疲れさせ、消耗させる夢だ。

　彼は墓地を抜け、林へ走りこむ。走りながらログハウスを目で探す。だが見つからない。

彼は絶望する。

　草むらを這いすすむ、ざざざざ、という音はすぐ背後まで近づいている。もうだめだ、もう終わりだ、と彼は思う。

　――おれはもうすぐつかまる。つかまったらすべて終わりだ。

　ああ、ごめんなさい。こんなことならもっと早く、償っておくんだった。正直に、大人たちに言えばよかった。おれのせいなんだと。ぜんぶおれが悪かったんだ、と。

　走りながら布留川はすすり泣く。悔恨と、自己嫌悪とが胸を突きあげる。彼は顔を伏せ、すすり泣く。ごめんなさい、ごめんなさい、ごめんなさい――。

　そして、晶水は見た。

　布留川を追っていた草むらの黒い影がぼやけ、徐々にかたちをとりつつあった。

　影は長い腕となり、ぬるりと伸びると布留川の襟首（えりくび）をつかんだ。彼の体が後ろに引き倒される。悲痛な悲鳴が、林の空気を裂いた。

　布留川の視界いっぱいに、顔がせまっている。

　老婆の顔だ。

彼の眼を通して、晶水もはっきりと視た。

近づく老婆の右半面に——赤痣はなかった。

違う、と瞬時に晶水は悟った。これは、美舟の夢に出てきたのとは別人だ。違う。布留川の夢と美舟の夢とは、似て非なるものだ。

老婆が歯のない口を大きくかっとあけ、哄笑（こうしょう）とともにわめく。

「この、畜生おぉ、がぁぁあああああ」

布留川がふたたび悲鳴をあげた。

横から躍りでた壱が、さっと彼をつかむのがわかる。見えないが、気配がする。晶水は硝子（ガラス）の床に手をつき、まっすぐ右手を壱に向かって伸ばした。

「山江！」

ずぬぬ、と不思議な感触とともに右腕が床を突き抜ける。ためらわず、壱の手が彼女の腕をつかむ。渾身（こんしん）の力で、晶水は布留川ごと壱を引きずりあげた。まず壱を抱きとめ、次いで布留川を見やる。

布留川は泣いていた。身も世もなく、手ばなしにむせび泣いていた。

「ごめんなさい」

彼は叫んだ。

「ごめんなさい、おばあちゃん――」

視界いっぱいに光が満ち、白く霞んだ。

晶水は目をひらいた。

声がする。さっきまで聞いていたのと同じ泣き声だ。激しくしゃくりあげている。急いで首をめぐらすと、布留川が千代にとりすがって泣いていた。

「ごめんなさい。おれが、おれが――おれのせいで、おばあちゃんが――」

千代は無言で彼の背を撫でている。

喉を詰まらせ、時おり嗚咽にむせながら、布留川は言葉を吐きだした。

「あの日、あの日――おれ、行ったんです。お山の神社に。入っちゃだめって言われてたけど、でも、あそこにはありがたいお水があるからって、だから、おれ――」

「そう、お水を取りに行ってあげたのね」

千代があやすように言う。

布留川は千代の胸で、こくこくとうなずいた。

「もとの、おばあちゃんに、戻ってほしかったから。おばあちゃん、病気で、おかしなことばっかり、言うようになって」

「どないな病気やったの？」

「の、脳に、できものができて。医者が、手術で摘りきれなかったって。お、おれ、変わっちゃったおばあちゃんが、おっかなくて——」

つっかえつっかえ、苦しげに彼は語った。

同居していた父方の祖母が、ある日を境に突然、奇矯な暴言を吐き散らすようになったのだ——と。

和裁を趣味とする、上品でおだやかな祖母だった。その豹変ぶりに家族はとまどい、暴れる彼女をなんとか押さえつけて大学病院まで連れていった。

医者の診断は「脳腫瘍」であった。

「腫瘍が扁桃体を圧迫して、本人にも感情のコントロールがきかない状態だ」と若い医師は語った。

手術後、布留川の生活は一変した。

病院は「摘出できる部分はすべて摘った。これ以上はどうにもできない」と述べた。父は「高齢だし、せめて最期は家で看取ってやろう」と電動ベッドやら介護用品一式をレンタルして、一階の座敷を祖母のためあけわたした。

が、祖母の暴言は日に日にひどくなる一方であった。

とくに「畜生ッ」、「畜生がッ」と吐き捨てることが多かった。皺だらけの顔をゆがめ、多量のつばを散らして「畜生ッ」とわめく祖母は、とてもあのやさしく品のよかった祖母と同一人物とは思えなかった。

幼い布留川は、百科事典でこっそり〝扁桃体〟について調べた。脳において、情動や恐怖をつかさどる部位だそうであった。だが脳機能には未知の部分が多く、まだ解明できていないことばかりだ、とも書いてあった。

現代の医学ではどうにもならないことなのだ、と布留川は理解した――。

「――お山の神社」

十七歳の布留川がつぶやく。

自分の洩らした言葉に驚いたように、彼ははっと千代から離れて顔をあげた。

「そうだ、おれ、お山の神社に行ったんです。ありがたい、ご利益のあるお水が湧くって、昔から言われてたから。だから――」

現代医学でどうにもできないことなら、ご利益にすがるしかない、と小学生の彼は思ったのだ。もとのやさしい品のいい祖母に戻ってほしい、その一心だった。

裏手の石段をのぼり、神社まで彼は歩いた。

当時、お山は「放された毒蛇が繁殖して、うようよしている」との噂が立っていた。お屋敷の主人に追いかけまわされた者がいるとも、もっぱらの評判だった。

彼は神社で水を汲み、蛇と奇矯な主人の影におびえながら、墓地を抜ける近道を選んで逃げるように帰った。

だが帰宅すると、家には誰もいなかった。

そのときなぜ家族が誰も家にいなかったのか、布留川はいまだに理由を知らない。父が仕事に行っていたのは確かだ。母は買い物にでも行っていたのだろうか。当時高校生だった姉は、まだ学校から帰ってきていなかったのか。

家は静まりかえっていた。

いつも居間から聞こえるテレビの音はなく、母や姉の声もなかった。

閉ざされた座敷の向こうから、呻き声が聞こえた。

祖母だ。

彼はびくりと立ちすくんだ。

水を詰めた罎を持つ手が、こまかく震えだす。布留川は祖母が好きだった。でもいまの祖母は、怖かった。頭をいびつな角度に傾け、痩せさらばえた腕を振って、ひっきりなしに悪罵を吐き散らす姿は、悪魔にでもとり憑かれたとしか思えなかった。

うっすらと彼は、座敷の引き戸をあけて中をうかがった。

祖母がベッドの上で苦悶していた。

自由のきく左手で、激しく胸をかきむしっている。祖母の顔は、赤紫に膨れあがっていた。体をはねあがらせながら、わめいている。

「畜生ッ、畜生がッ。こ、この、畜生ぉぉがッ」

布留川の手から壜が落ちた。

水が、床に広がっていく。

彼は思わず後ずさった。恐ろしかった。

祖母の狂態への恐怖が、全身を浸してしまっていた。

祖母がベッドのマットを叩きはじめる。どんどん。どんどんどん。気がふれたかのような乱打だった。

いや、もうとっくにおばあちゃんはおかしくなってしまっているんだ。彼は思った。自分がなにをしているか、なにを言っているか、もうわからないんだ。

布留川は泣いた。泣きながら引き戸を閉めた。

からになった壜をかかえ、彼は二階の自室へ逃げこんだ。ベッドへもぐりこみ、布団を頭からかぶって胎児のように丸くなった。

そうして、彼はいつしか眠ってしまったらしい。起こしに来たのは姉だった。姉は奇妙に白茶けた顔をして、低く言った。

「おばあちゃん、死んだわ」

——と。

発見したのは、帰宅した母だそうだった。すでに心臓は止まっていたという。

それから数日のことを、布留川はほとんど覚えていない。

警察がなにやら聴取に訪れた気がする。布留川も女性警官になにか訊かれた覚えがうっすらある。しかし受け答えはまるで記憶にない。霧がかかったように、すべては茫洋としている。

通夜のことも葬式も、ぬぐい去ったようにきれいに忘れてしまった。わずかに覚えているのは、皆と焼き場で骨を拾ったことだけだ。祖母の骨はかすかすで、もろかった。箸でつまんだそばから、ほろりと崩れていった。

「お、おれは——」

現在の、十七歳の布留川が呻く。

「おれは、あのとき、わざとおばあちゃんを放置したのかもしれないです。近所の大人を、誰か呼んでくればよかったのに。ううん、電話で救急車を呼べばよかったのに。そんなの、子供にだってできることだった。でも、なにもしなかった。おれはおばあちゃんに、早く死んでほしいと思ってたんじゃないかって——」

湊をすすりあげる。

「おれ、怖いんです。脳腫瘍が脳を圧迫して、おれは祖母がもうなにもわからなくなってると思いこんでいた。でも、そうじゃなかったのかも、って思うんです。祖母はひょっとして、まだ正気だったのかもしれない。腫瘍のせいで意思に反したことしかできなかったけど、ほんとはちゃんと意識があって、あの」

彼はごくりとつばを飲んだ。

「あのとき、引き戸を閉めてしまったおれのことを、最期に祖母は見ていたんじゃないか、って——」

彼は頭を抱え、畳に顔を伏せた。

まるめた背が大きくわなないている。

千代が手を伸ばし、やさしくその背中を撫でた。

「あなたは子供だったのよ」

やさしくささやく。

「子供だったの。死は、大人にとっても怖い、恐ろしいものよ。子供のあなたなら、なにもできなくて当然です。たった数分でも、家をあなたとおばあちゃんだけにしてしまったことは、強いて言えば大人の落ち度やね。でもそれだって、誰が悪いということではないの。死はいつだって、唐突で理不尽なものよ」

そしてあなたはその理不尽に巻きこまれただけ——と千代は繰りかえした。

「で、でも」

布留川が顔をあげる。

しっ、と千代は制した。

「待って。どうしてあなたは、おばあさんがまだ正気だったかも、と思うようになったの？」

彼女の問いに、布留川はしばし無言だった。やがて、小声で言う。

「……わかりません。でも、そんな気がするんです」

かぶりを振った。

「祖母の暴言のことも、いまのいままで忘れてました。おれの記憶の中の祖母は、やさしくて、縫いものが上手で、いつも笑顔でお菓子をくれる祖母でした。脳腫瘍で手術したのは覚えてたけど、そのほかのことはぜんぜん——」

「思いだしたくないから、記憶を押しこめていたんでしょうね。……あなたの身のまわりのことで、最近なにか変化はありました？　亡くなったおばあさんのことを思いだしてしまうようななにかよ」

「いえ」

　と否定しかけて、慌てて布留川は言葉を継いだ。

「そういえば、母方の祖母が入院するそうです。命に関わるようなものじゃないらしいんだけど、今月中に手術をするって」

　きっとそれだ、と晶水は思った。

　彼が悪夢をみるようになった引きがね。母方祖母の入院と、最近マムシ山に入った捜索隊が、彼の記憶と罪の意識を揺り動かした。

　彼は祖母の死の再現を恐れたのだ。

　またあのときのようなことが起こるのではと、彼は心の深いところで恐怖した。それが夢のかたちをとってあらわれた。

　――でもなぜ彼は、死のまぎわ祖母が正気だったのではと疑うようになったのか。

「布留川先輩、ひょっとして芸術選択教科って音楽をとってませんか？」

　われ知らず、晶水はそう口に出していた。

　布留川が顔をあげ、ぼんやりと答える。

「そうだけど……なんでだ？」

「産休の先生の代わりに、いま臨時の先生が来てますよね。あの先生に聞かされませんでしたか。えーと、モーツァルトもそうだったっていう、汚い言葉を連発しちゃうなんとか症候群」

「〝トゥレット症候群(ショーコーグン)〟」

呪文でも唱えるように、棒読みで壱が言った。

「そうそれ。なんで山江、知ってるの」

「おれは小日向先生から聞いたんだ。その音楽の先生が得意にしてる蘊蓄みたいで、小日向先生にもえんえん披露したみたいよ」

壱が肩をすくめる。

そうか、と晶水は布留川に向きなおって、

「布留川先輩はきっと、わたしと同じく授業で耳にしたんですよね。それもきっと、引き金のひとつだったんじゃないでしょうか」

と言った。

あの非常勤の音楽教師は滔々と語っていた。

モーツァルトはトゥレット症候群だったという説がある。別名を汚言症とも言い、自分の意図しない言葉を断続的に発するというやっかいな症状だ、ただし意識の混濁や知的障害はないのだ、と。

――つまり、正気を保ちながら意思に反した暴言を吐く病気だ。

むろん脳腫瘍とはまったく別種の病気である。だがその障害の存在を知った布留川の心が揺れたことは想像に難くない。もしや、と思うその胸のさざ波だけで、たやすく深層意識は刺激され、奥底に眠る罪の意識を呼び起こす。

布留川はまだなかば呆然としていた。

千代が彼をあやすようになだめつづけている。

かたわらの壱と、晶水の目が合った。

壱が声に出さず、口のかたちだけで「ちがったな」と言った。晶水も無言でうなずきかえした。

そうだ、この夢は美舟たちがみたのとは違う。これは布留川だけの記憶と経験をもとにした、布留川だけの夢だ。彼をさいなんだのは、ひとえに彼自身の罪悪感だ。

――では、美舟を苦しめているものはなんだろう。

同じ夢をみるはずの葛城や穂積たち、そして晶水とは違い、彼女だけがひとり消耗し、憔悴（しょうすい）していっている。いったいなにが、あの子をあれほどに悩ませているというのか。

晶水はうつむき、あらためて思った。

やっぱりこんなときは誰かと話しあいたい。もっとちゃんと、いつもみたいに山江と話せたらいいのに――と。

第五章　丘の上では棉の実が破裂ける

1

「石川、ちょっといいか」

廊下で呼びとめられ、晶水は振りむいた。見ると、柱の陰で崇史がこそこそと手まねきしている。

なにを芝居がかった真似を、と呆れつつ晶水は彼に近づいた。腰に手をあて、小首をかしげる。

「なに？」

「いや、あのさ、しつこく訊いてやったら、イチがちょこっとだけ吐いたんだけど」

崇史が声をひそめて言う。

なんとはなし晶水も声のトーンを落とし、ささやきかえした。

「神林さんのこと？」

「へ？ 誰それ」

崇史は一瞬きょとんとしたが、すぐ思いあたったようで、

「ああ、女バレの子か。いやそうじゃなくてさ」

と手を振った。

「おれとタクと石川とで先月、バスケ部の試合観にいったじゃん。市民体育館でやった、葛城先輩の引退試合。覚えてるだろ？」

「もちろん覚えてるよ。うちが勝ったじゃない」

「そう、でさ、そのときの七番」

「七番……ああ、松岡？」

晶水が言うと、崇史は「そう、そいつ」とうなずき、ぐっと顔を寄せて、

「そのマツオカってやつに、イチ、なんか言われたらしいんだ。そのせいで、がらにもなく落ちこんでるらしいんだけど……石川、心あたりある？」

「ある」

晶水は即答した。

「ありがと、蜂谷。わたし山江と話す」

きっぱりと言いきった晶水に、崇史は安堵(あんど)したようだった。ほっと表情をゆるませて「んじゃ、頼んだ」ときびすをかえす。

「蜂谷ってさ」

思わず晶水は口をひらいた。

「ん？」

肩越しに崇史が振りかえる。

苦笑して、晶水は言った。

「山江のこと、ほんと好きだよね」

崇史はちょっと怪訝な顔をしてから、肩をすくめて笑った。

「あいつのこと嫌いなやつなんて、いんの？」


その日の放課後、晶水は美舟を誘って学校近くのミスタードーナツへと寄った。

申しわけないが、雛乃には声をかけなかった。べつだん仲間はずれにしたかったわけではない。話が、中学時代のもろもろに関わるからである。

「というわけで、蜂谷には『山江と話す』って思いっきり啖呵切っちゃったけど」

エビグラタンパイをかじりながら、晶水はため息をついた。

「なんて切りだせばいいかなあ」

「言いたいように言えば」

美舟がこともなげに言う。いつもなら真っ先に飲茶(ヤムチャ)の担々麺(タンタンメン)を注文するはずの彼女が、今日はコーヒーだけだ。晶水はむっとして、

「なにそれ、トシ冷たい」

「だってあたし、あんたらの関係性よくわかんないもん」

美舟は器用に片眉をさげてみせた。そうそうに包帯ははずしてしまったものの、額にはまだ大ぶりのガーゼをあてている。

「そもそもアキ、『あたしより背の低い男は論外。男に見えないね』なんて、ほんとに言ったわけ」

「言ってないよ」

晶水は声をとがらせた。

そう、問題はそこだ。中学時代、石川晶水が男子生徒に対し高飛車にそう言いはなった、との噂が立ったことがあるのである。晶水本人を知る大半の者は信じなかったようだが、それでも噂は校内の一定数に広まった。そしてその噂を流したのは、当時の新鞍中学男子バスケ部員、松岡健太であった。

「言ってないなら、なんで松岡はそんな噂流したのよ」

「それは、その」

晶水が口ごもる。

美舟はちょっと笑って、

「ま、だいたい想像はつくけどね」

と言った。

晶水はちょっと恨めしげに、対面の彼女を上目づかいに見る。ほんとうならこの話題以外にも話したいことはあった。

——トシ、わたしたちって、六年前の殺人事件について目撃したのかもしれないよ。

直接の殺害現場ではないだろうが、おそらくはそれに関するなにかを、だ。だがまだ確証があるわけではなかった。第一、千代を通さず勝手に話して、美舟の精神になにか悪影響が出てしまったら困る。

——それにトシは、わたしになにか隠してる。

辻堂真巳子に殴られたと、彼女はなぜ警察に言わなかったのか。

殴られた理由について美舟は「知らない」と言ったし、けして嘘ではないように見えた。が、だとしたらなぜ黙っているのか。問いつめたいが、美舟がかんたんに打ちあけないだろうこともわかっていた。美舟のことで、壱のことで、胸の底がじりっと焦げる。

通りかかった店員に、美舟が「すみません、コーヒーおかわりください」と手をあげた。

「トシ、食べずにコーヒーばっかり飲んでると、胃に悪いよ」

夢だってまだみるんでしょう、と訊く晶水を、美舟は聞こえないふりでいなした。

「ミルク入れてるからだいじょうぶ。アキこそ部活もしてないくせに、あんまり食べると太るよ。ダイエットはどうしたの」

「……体重は増えてないってば」

「筋肉落ちて、脂肪が増えただけでしょ。脚は確かに細くなったけどさ、二の腕とかぷよぷよしてきたもん」

「うっ」

晶水は顔を伏せた。言いかえせない。

「やっぱ、見た目でもわかる？」

「わかるわかる。あたしのお古のダンベルあげるから、いまのうち筋トレしときなよ。夏とか、薄着になるとやばいよ」

「ありがとう。……じゃなくて」

晶水は首を振った。

「今日はそんな話をしに来たんじゃないんだって。トシ、話聞く気ある？」

「あるけど、肝心なとこがわかんないからさ」

「肝心なとこって？」

問いかえした晶水に、美舟がふっと目を細める。

「アキ、山江のこと好きなの？」

数秒、テーブルに沈黙が落ちた。

「えっ」

固まっていた晶水が目を見ひらく。首から上に、みるみる急激に血がのぼっていく。

「え、ちょっと、やめてよトシ」

「なにが」

美舟が冷静に訊きかえす。一方いまや耳の先まで真っ赤になってしまった晶水は、意味もなく手足をわたわた動かし、

「なにがって、そんな人前で。こんなとこで、大声で言うことじゃないじゃん。え、なに、なんでトシ、そんなへいきな顔してんの」

「わかったわかった」

吐息をついて、どうどう、と長年の相棒を美舟は手で制した。

「とにかく、口に出さずになにもかもわかってもらおうってのは無理でしょ。相手の誤解をときたいなら、順を追って一からちゃんと説明するしかないじゃん」

カップの湯気越しに、静かに言う。

「わかってほしいなら自分の口で言うしかないよ。でしょ？」

「……だね」

一気にしゅんとして、晶水はうなだれた。

美舟が苦笑する。

「アキのいちばんの長所は、そこだよね」

カップをテーブルに置いて、

「中学時代の監督が言ってたじゃない。ややつだったけどさ、いま思えば言ってることは正しかったよ。『石川は指摘されたことはすぐに反省して直そうとする。身体能力より判断力より、プレイヤーとしていちばん優れているのはその性質だ』、って」

まあべつにこれはバスケのプレイヤーに限ったことじゃないけど、と言って笑う。

晶水は目だけをあげ、ぼそりと言った。

「トシってさあ」

「ん？」

「なんでそんなに、いつもクールでビシっとしてられるの」

「なに言ってんの」

美舟が噴きだす。

馬鹿だね、アキ、と言う声は、なんだかひどく大人びて、やさしく響いた。

「おかあさんが林檎おすそわけしたいって言ってたから」

と言われ、晶水はそのまま『わく井』へと寄って帰ることになった。

先日の林檎を「美味しかった」と絶賛したのを、美舟の母が覚えていてくれたらしい。さいわい父の乙彦も林檎は好物だ。ここは遠慮せず、ありがたくいただいておくことにした。

食堂『わく井』はすでに仕込みを終え、夕方の営業をはじめていた。裏へはまわらず、店側の入り口から入る。

「ただいまあ」

「こんにちは、お邪魔します」

と二重唱で言うふたりを、店の客が「おう、おかえりー」、「なんだもうそんな時間か」と口ぐちに迎えた。

「いいとこに来た。美舟ちゃん、この爺にお酌してくんねか」

「だーめです。うちはそういうお店じゃないの」

「んだば、晶水ちゃんでいいわ」

「もっとだめ！」

六時にもならないうちから、もうきこしめしている老人たちを美舟が慣れた口調であしらう。女将が暖簾をかきわけて「そうよぉ、うちの子のお友達にへんなことさせないで」と笑顔を見せた。

しかし晶水の目も耳も、すでに酔客のほうを向いてはいなかった。

奥の席に、背中を見せて座っている和服姿の老女がいる。テーブルには銚子が一本と、猪口がふたつ置いてあった。だが席に着いているのは彼女ひとりだけだ。すっきりと伸びた背すじに、確かな見覚えがあった。

「千代さん」

晶水は奥へ駆け寄った。

「どうしたんですか。あの、なにかありました？」

緊急事態でもあったかと背がひやりとする。しかし千代はいたって可憐に微笑んで、

「鉄さんがまたここを離れるらしいから、お見送りがてら一杯お付きあいしたんよ。イチはまたどこぞの部活で助っ人やるから遅うなるって言うし、大人だけでやらせてもらってました」

「え、じゃあ、鉄さんは？」

首をめぐらす。が、あの広い背中はどこにも見あたらない。

千代はかぶりを振って、

「もう行ったわ。次会えるんは、いつになるか」

そう言ってから、晶水の横に立つ美舟へ目をやってにっこりした。

「トシちゃん。こんばんは」

「あら、あんたたち、山江の奥さんと知りあいなの？」女将が目をまるくする。

「いつの間に。高校生にしちゃ、顔の広い子たちだねえ」

大げさに吐息をつく母親の台詞をなかば無視して、美舟が訊いた。

「おかあさん、今日のA定食とB定食なに？」

「Aがミックスフライで、Bは金目の煮付け」

「だってさ。アキどうする？」

美舟が晶水を振りかえる。いきなり言われても、とあたふたと晶水はかばんを探った。

「ちょっと待って、おとうさんにメールする」

父の乙彦は夕飯には頓着しないたちだが、それでもことわりもなく晶水だけ先に食べるのは気がひける。結局注文は保留しておくことにして、晶水と美舟はなんとはなしに千代の向かいへ座った。

「トシちゃん、無理せんでいいのよ」

千代が言う。美舟が怪訝な顔をした。

「なにがですか」

「傷の痛みと悪夢でろくに寝てへんから、食欲もないでしょう。揚げものなんて、いまは見るのもいやなんじゃないかしら」

美舟がかすかに眉根を寄せた。それを肯定の返事ととって、

「おかあさんにはなにか言われない？」

と千代が問う。美舟は首を横に振った。

「殴られたときは、何日かうるさかったですよ。でもいまはなにも」

唇をすこし曲げて笑う。

「あたしからもとくに言いませんし。うちの親って商売やってて忙しいんで、昔から、大人に相談するって習慣そのものがなかった気がします。つまんないことで親をわずらわすより、まず自分でなんとかしなきゃって」

「うちも、人の家のこと言われへんけど」

千代が吐息まじりに言った。

「そうね、家族ぐるみで商売やってると、子供を子供のままにさせてあげられへんことも多

いわねえ。ごめんなさいね」

わずかに沈黙があった。

美舟が苦笑する。

「そんな、べつに――なんで千代さんが謝るんですか」

「そうねえ、なんでやろね」

猪口に残っていた酒をくっと干して、

「トシちゃん、よければもう一度うちに来なさいな」

と千代は言った。

「イチの先輩の布留川くんて子は、さいわい問題なくスムーズにいって、つい先日ぜんぶ終わりました。手前味噌かもしれへんけど、ずいぶん楽にしてあげられたと思うのよ。トシちゃんもそのままじゃ、体も心もしんどいばかりでしょう」

しばし美舟は黙っていた。

ふいと立ちあがり、厨房のカウンターに置かれた大ぶりの急須から、人数ぶんの番茶を汲んで戻ってくる。湯気の立つ湯呑をめいめいの前に置いて座り、美舟はふたたび口をひらいた。

「……このままぜんぶに蓋をして、夢もみなくなるよう封じこめる方法、っていうのはないんですか」

「わたしには、それはでけへんわね」

　千代が短く答える。

　美舟がつづけて問うた。

「布留川先輩は、つらくなくなったと思います？」

「ええ。すくなくとも今後は、もう同じ悪夢はみないでしょうね」

　ふたたび無言のときが流れた。

「あの」

　と美舟が言いかけ、言葉に迷うように唇を閉ざす。彼女はうつむき、視線をそらしたまま訥々（とつとつ）とつぶやくように言った。

「もうすこしで、思いだせそうな気はしてるんです。もやもやしてるものがすこしずつかたちになってるのはわかるんだけど、はっきり見ようとすると、ぼやけてしまうって感じで。あとちょっとなんです」

　と、もどかしげに指を組みあわせる。

「そういう状態を手助けするのが、まさにわたしらの仕事よ」

　千代が微笑した。

「トシちゃんは大人に甘えたり手助けしてもらうのが、ちょっとばかり苦手なのね。いままでの生活で、慣れてきていないから。でもそんな、堅苦しく考えんでええのんよ。こっちはこれが商売ですから、いちいち恩着せがましくもせえへんし、また次のお客にかまければすぐ忘れます。トシちゃんもお店をやってるおうちの子だもの。お互い商売と考えれば、案外楽に割りきれるんやないかしら」

すこしだけ茶化すように言う。

伏せていた顔を、美舟がゆっくりとあげた。

「じゃあ、もう一度だけ——お願いしていいですか」

「ええ、いつにする？」

「明後日」

「わかったわ」

千代は深くうなずいた。そしてテーブル脇に立てかけられたメニューを手にとると、

「ほしたら話がついたところで、出汁巻きたまご、追加で頼んでいい？」

うふふ、と笑う。

「こないだいただいたのんが、えらいこと美味しくてねえ。じつを言うとわたし、今日は出汁巻き目当てで来たのよ。せやのに鉄さんたら『肴はいらない』なんて無粋なこと言わはっ

て」

晶水と美舟は、顔を見あわせ苦笑した。そんなふたりに、

「わたしだけで食べに来たって、イチには内緒ね」

と千代はやわらかく微笑んだ。

3

約束どおり、美舟は二日後に山江家を訪れた。

いつもの手順どおり、二階の寝間に敷いた布団の上に千代と並んで横たわる。その枕もとに、壱と晶水がひかえて待つ。

美舟と千代が寝息を吐きはじめた。まだ安らかな眠りだ。畳に手を突いて、前傾姿勢で美舟を覗きこむ晶水に、壱が小声で言った。

「今日は石川は、入んないで待ってて」

晶水は顔をあげた。壱はこちらを見ない。彼らしからぬ硬い口調で、

「頼むから、今日は我慢して」

と頑固に繰りかえす。

「でも」

晶水は反駁しかけた。封じるように、壱がぴしゃりと言う。

「涌井のこと心配なのはわかるけど、おれも石川が心配だから」

気まずい間が流れた。

晶水は目をそらさずにいた。やがて根負けしたのか、壱がふっと息を吐く。

「わかった、視てていいよ。でも、おれの目を通して視るだけな。ぜったい〝おりて〟こないで」

腕を伸ばしてくる。無言で晶水は手を握りかえした。壱の掌はいつになく汗ばんで、なのに冷たかった。

目を閉じる。

まだ美舟たちが夢をみはじめていないからだろうか、いつもの落下するような感覚がなかった。薄ぼんやりと暗い。まわりがよく見えない。暗いからというより、世界がさだまっておらず把握できない、という感じだ。ゆらゆらと、なにもかもが不確かだった。白い影がゼリーのようにたゆたっている。

やがて、もののかたちがさだまってきた。晶水は目をこらした。次第に視界が晴れ、鮮明になってくる。カメラのオートフォーカスが、ひどくゆっくりピント合わせをしているかのようだ。

枯野が見えた。

いつかも見た眺めだった。身をすくませるような北風が、びょうびょうと哭いている。しおれた草がなびいて倒れる。その草むらの間には、白く乾いた骨が落ちている。骨にはきっと蛇が巻きついているはずだ。何匹もの蛇がとぐろを巻き、口をあけて威嚇音を発している。互いに絡まりあい、うねり、のたうっている。

美舟が見えた。後ろ姿だ。蛇と骨におびえながら、彼女は歩く。さくさくと枯れ草を踏んで、歩きつづける。

ふと、景色がひらけた。

前回の夢にはあらわれなかった光景だった。

おそらく神社だろう。粗削(あらけず)りな丸太を組んだだけの簡素な鳥居がある。その奥に、ごくちいさな拝殿がある。

拝殿というより、祠(ほこら)と言ったほうが似つかわしいような大きさだ。山の岩肌にかろうじて寄りかかるようにして建っている。

手水鉢(ちょうずばち)の石盆に、岩間を落ちる細い滝が流れこんでいるのが見えた。拝殿や鳥居の粗末さに比べ、手水鉢だけがやけに立派だ。湧き水だろうか、透きとおって輝いている。

——ああそうか、これが〃お山の神社〃か。

ごく自然に晶水は悟った。

布留川も言っていた神社だ。彼が病気の祖母のため、水を汲みに訪れたのと同じ社に、美舟も夢でたどりついたのだ。

岩肌の向こうに、なにか仄白いものが閃いた。晶水は目をすがめる。そして、すぐにきつく顔をしかめた。

腕だった。骨と皮だけの、老婆の腕だ。

おいでおいでをしている。美舟を手まねいている。

老婆の姿はやはり見えない。肉がすっかり落ち、傘の骨に渋紙を張ったような腕だった。

禍々しいものは感じない。が、それだけに恐ろしかった。

行かなくては、と思う美舟の心が伝わってくる。ふらりと腕に惹き寄せられていく。

魅せられているというより、それは義務感に近かった。行きたい、ではなく、行かなくてはならない、という思い。彼女を駆りたてているのは——やはり、罪悪感だった。晶水は息を飲んだ。

こぶしをきつく握る。目をつぶる。

だめだ、山江との約束だ、と己に言い聞かせた。

わたしは手を出さない。出してはいけない。だってこれは美舟の夢だ。美舟自身が、解明して乗りこえるべきなにかなのだ。

ふたたび目をあける。

瞬間、視界がもろい殻のように砕けた。


目覚めてからも、美舟はしばらくぼんやりとしていた。

心ここにあらずといった顔つきで、呆然と座りこんでいる。話しかければ受け答えはするものの、目に光がなかった。全身を包む空気がだらりと弛緩している。

「トシ、だいじょうぶ？」

「うん」

晶水の声に低くうなずき、美舟は立ちあがった。

「あたし、帰るね」

「じゃあわたしもいっしょに」

「いいよ。ちょっと、ひとりで考えたい」

尖った声だった。晶水が言葉を飲みこむ。己の語調にはっとした美舟は、弱よわしく微笑んで、

「ごめん。でもほんとに——ひとりで、頭を整理したいの」

と言った。

晶水はしぶしぶ「わかった」と首を縦に振った。

こういうときの美舟はかたくなだ。なにを言っても聞き入れないと、長い付きあいでよく知っている。

美舟が手をつけずじまいだったお茶が、湯呑の中で静かに冷えていた。

晶水が「わたしもそろそろ」と腰を浮かせたのは、二十分ほどのちのことだった。これくらい時間をあければ、美舟とかちあうことはあるまい。

心配ではあったが、無理に追う気はなかった。誰にだってひとりになりたいときはある。

「送るよ」

当然のように壱が言った。

玄関の格子戸をあけると、なまぐさいような、埃っぽいような臭いが鼻をついた。どうやら知らぬ間に通り雨が降ったらしい。アスファルトが黒く濡れて、道の継ぎ目のくぼみに水たまりができていた。

「傘、貸そうか」

「いいよ、もう降らなそうだし」

首を振って晶水は歩きだした。ローファーの爪さきが、溜まった雨水をはねあげる。

すこしの間、お互い黙って歩いた。

話したいことはあったが、晶水はなんと切りだせばいいのかわからなかったし、壱も同じように見えた。

歩幅は晶水のほうが大きいはずなのに、気づけば壱が先に立って歩いている。かかとの真っ赤なＮＩＫＥのマークが軽快に上下するのを、いつかもそうしたようにもどかしい思いで眺める。

「ごめんな、石川」

振りむかず、壱がぽつんと言った。

「え、なにが？」

晶水はぎくりとした。

「神林さんのことなら、べつに――」

「神林？」

壱は肩越しに晶水を不思議そうに見やって、

「違うよ。さっきおれ、涌井の夢に入るなって言ったじゃん。石川、涌井のこと心配だったのに、きつく言ってごめん」

と言った。

「ううん」

晶水はかぶりを振った。

「そんなの気にしてないよ。第一、わたしが前に失敗しておかしなことになったから、またやらかさないように予防線張ってくれたんでしょ。なんで謝るの」

微笑して顔をあげ、晶水はぎょっとした。

正面に立つ壱の顔が蒼白（そうはく）だったからだ。眉をさげ、口を引き結んでいる。表情のせいか、ひどく大人びて見えた。

なかば無意識に、晶水は手を伸ばした。彼の腕をつかむ。

「どうしたの、山江、具合悪いの」

「へいき」

「でも、倒れそうな顔してる」

晶水は彼をつかまえたまま、あたりを見まわした。バス停のベンチを見つける。壱の背に手をあて、座ろうとうながした。

「いいよ、濡れてるし」

「そんなの拭（ふ）けばいいでしょ」

かばんからハンドタオルを取りだし、ざっと拭く。まず壱をベンチに座らせ、自販機に走ってホットの紅茶を二缶買った。壱が青い顔のまま、ふっと笑う。

「おごられたくないとかどうとか、こないだ喧嘩しなかったっけ」

「うるさい。受けとらないと怒るからね」

「……ああ、いま石川に怒られたくねーなあ」

苦笑いして、壱は缶を受けとった。

ぱき、と小気味いい音をたててプルトップを折る。晶水も壱の隣に腰をおろし、紅茶の缶をあけた。飲み口から、ほのかに湯気が立った。

「あのさ」

壱が口をひらく。

「うん」

晶水は短く答えた。

「……おれの親が事故で死んだって、ばあちゃんから聞いたでしょ？」

そっけないほどの口調で、さらりと壱は言った。

晶水は思わず、壱の横顔をうかがった。声音とは逆に、彼の顔は苦しげだった。

「山江」

「石川が涌井の夢に引きずられて、いっしょに溶けていきそうになったときさ、おれ、心臓止まるかと思った。だって〝事故〟ってあれのことなんだもん」

頼りなげに、語尾が揺れた。

「あれと同じことが起きて、おれの両親って、死んだらしいんだ」

訥々と壱が言う。

晶水は紅茶の缶を握りしめた。

「でも山江のおとうさんて確か、千代さんや山江みたいなことはできなかったんじゃないの」

以前聞いたことを、そのまま口にしてみる。

壱はうなずいて、

「親父(おやじ)はできなかった。でもおかあさんは素質がある人だったみたいで、真似事程度はできたらしい。で、おかあさんが、親父の夢に入って――うまくいかなくて、死んだんだって」

と声を落とした。

「おんなじ事故で石川までかよ、って思ったら、あのとき、すげえ震えが来てさ。それだけは勘弁、って思っちゃった。……怖かった」

言葉の内容とは裏腹に、ひどく平板な声だった。感情をこめることを恐れているかのような、ごく抑えた語気だ。

「おれさ、石川と出会ってから、怖いもんがいっぱいできたよ」

ささやくように壱は言う。

「でもきっと、そのほうがいいんだろうな。いままでのほうがおかしかったんだと思う。鉄砲玉みたいだったもん、おれ。帰ってこれなくなってもべつにいいやって、頭のどっかでいつも思ってた」

晶水はなにも言わなかった。黙ったまま、ただ彼のほうへ身を寄せた。肩と肩とが、ぶつかるように触れあう。

壱は膝の上に手を投げだしていた。

その右手を、晶水は左手でそっと握った。

彼の手を握ったことなら、何度もあった。でも、こんなふうに触れるのははじめてだ。壱の指がぴくりと動く。指さきに力がこもる。

バスがやって来て走り去り、また次のバスが来るまで、ふたりはベンチで手をとりあったまま彫像のように動かなかった。

4

翌朝、晶水が登校すると、靴箱に美舟の上履きが残されていた。

めずらしいな、と思った。

朝練のない時期でも、美舟はたいてい晶水より朝が早い。覚えている限り、遅刻は一度もないはずだ。

教室にもやはり美舟はいなかった。ロッカーも机もからっぽだ。かばんはもちろん、傘さえ見あたらない。

「トシ、まだ来てないの？」

と雛乃に声をかけてみたが、「うん、まだみたい」との返事であった。

やがて始業のチャイムが鳴った。

だが美舟は姿を見せないままだった。一限目が終わっても、彼女の机は冷たく静まりかえっていた。

休み時間になってすぐ、晶水は涌井家に電話をかけた。七コール目で、つながる。

「お世話になっております。『わく井』です」

「あの、おばさん？　晶水ですけど」

「あらアキちゃん、こんな時間にどうしたの」

「トシ……じゃなくて、あの、美舟ちゃんは」

「美舟？　あの子がどうかした？」

と女将が問いただしてくる。その声音に、彼女がなにも知らないことを晶水は瞬時に察した。唇を嚙み、

「いえ、すみません。勘違いでした」

なるべく平静をよそおい、すぐに切る。

椅子を蹴るように立ちあがって、晶水はA組へと走った。

「山江！」

あけはなした教室の引き戸越しに、大声で彼を呼ぶ。休み時間でざわめく教室が、一瞬しんとなる。

「おー、なに？」

壱が笑顔で片手をあげた。晶水が来るのがごく当然のように、ひょこひょこと軽快に歩いてくる。その様子に、数秒流れた静寂にまた会話のさざめきがとって代わる。

晶水の正面に立って、

「……なんかあった？」

　と壱が真顔になった。晶水は彼の耳もとにかがみこみ、ささやいた。

「トシがまだ来ないの」

「ガッコに？　休んだってこと？」

「家にも内緒で、みたい。いま電話したらなにも知らない様子だった」

　晶水は眉根を寄せた。

「昨日の今日だし、やばいんじゃないかと思って」

「だな」

　壱がむずかしい顔になる。背伸びして晶水に顔を寄せ、

「ちなみにさ、おれ昨日の涌井の夢でみて、気になってる場所がひとつあんだけど」

「うん。〝お山の神社〟でしょ」

「あ、やっぱ石川もそう思ったか」

「な、次の授業ってさぼれる？　おれ昼休みまで待てないし、待ってちゃだめな気がする。

　壱は苦笑し、声のトーンをさらに低めた。

　石川がさぼれないなら、おれひとりで行くけど」

「行くよ、わたしも」

晶水は即答した。

「裏門から出よう。三分だけ待ってて、わたし靴とってくる」

「おれはタクから自転車借りとく。裏門前で待ちあわせな。じゃ、三分後」

言うが早いか、ふたりはぱっと散った。


ふたたび顔を合わせたのは、二分半後だった。

壱は借りてきたらしいクロスバイクにまたがっていた。また立ち乗りか、と覚悟して、晶水はハブステップに両足をのせた。

「おれ道わかんないから、石川、案内して」

言い終わらぬうち、ぐんと漕ぎだし、加速する。

立ち漕ぎでトップスピードにのせ、ギアを入れ替える。晶水の頬に冷たい風が打ちつけ、伸びすぎた髪が後ろへなびいた。

マムシ山こと西塚の高台は、今日もひっそりと人気もないままにそびえ立っていた。

裏手の長い石段をのぼりながら、晶水はここ数日胸に溜めていたことを壱にすべて話した。

美舟を殴ったのはおそらく辻堂真巳子であること。美舟の家で聞いた暴走族のバイクの音が、六年前の避難訓練の記憶とつながったこと。なのにその場にいたはずの晶水や葛城たちと、美舟の夢の種類がはっきりと違うらしいこと——。

「石川もその場にいて、涌井と同じものを見たんだよな。でも涌井ひとりが夢に苦しむってことは、なにかプラスアルファの要素を持ってるんだ」

石段を三段飛ばしで駆けあがりながら、息も切らさず壱が言う。晶水は傷めた右膝をかばってのぼるため、彼からかなり遅れた。

「涌井だけが経験したなにかが、きっと上乗せされてるはずだよ」

肩越しに振りかえり、壱はよく通る声で言った。

長い石段をのぼりきると、いちめんの芒がくったりと雨でしおれていた。その向こうに墓地らしき灰いろの石群が見える。

「夢だと、あの墓地を通ったとこに神社があったよな。まあ夢の位置関係って、あんまあてになんないけどさ」

丈の高い芒をかき分けて、がさがさと壱が踏み入っていく。その背中が「わっ」という声とともに、薄茶の海に突然消えた。

「山江、だいじょうぶ」

「なんでもない。ちょっと転んだだけ」

慌てて晶水は湿った芒を踏み越え、駆け寄った。壱が尻餅(しりもち)をついている。その足もとに、黒ぐろとした穴が穿(うが)たれていた。

「枯れ井戸だ。芒で見えなかった。……あっぶねー、もし落ちてたらやばかったな」

覗きこんで、晶水はぞっとした。

やばかった、どころじゃない。井戸はかなりの深さだった。もし壱が落下していたら、晶水ひとりではとうてい引きあげられなかっただろう。底に溜まった雨水が濁って揺れている。

「人のいない山とか藪って、これだからな」

ぶつくさ言って、壱が立ちあがろうと井戸に手をかける。

途端、びりっと電流でも走ったように彼は棒立ちになった。怖いものでも見たように、眉をひそめて後ずさる。

どうしたの、と晶水は声をかけようとした。

しかしその瞬間、視界をなにかがかすめた。

晶水は走った。枯れ草が剝きだしの腿をちくちく刺す。だが気にならなかった。彼女はそれを拾いあげ、背後の壱に向かってかざした。

「見て、トシのかばん」

いつも美舟が登校用に使っているものだ。見覚えのある爪きりキイホルダーが、肩がけストラップの根もとにぶらさがっている。中をあけると、筆記用具やノート、それに財布が手つかずで入っていた。

晶水は顔をあげ、墓地とは反対方向に建つ屋敷を見やった。改築に次ぐ改築であちこちが出張った、異様なかたちの邸宅。マムシ屋敷だった。

辻堂真巳子だ、と晶水は思った。

美舟を殴ったという、あの女の仕業だ。

なぜあの女が美舟をつけ狙うのかはわからなかった。そして今日、美舟がなぜここに来たかも。でも、体の奥底から警報が鳴り響いている。体内から、鼓膜を聾(ろう)するほどの激しさで美舟の危険を訴えている。

壱が晶水に追いつき、かばんをとってひょいと自分の肩にかけた。

「行こう」

顎で屋敷を指す。

「あの家だろ。……早く行かなきゃ」

5

屋敷のまわりをぐるりと一周して壱が戻ってきた。

表側は、ぶ厚い雨戸にぴしりと閉めきられた家だ。裏側にはあかりとりにもならぬような、覗き穴ほどの丸硝子(ガラス)が嵌(は)めこまれているのみである。豪邸にもかかわらず塀や囲いがないせいか、家というより要塞(ようさい)じみて見える。

「あそこだけ開いてる」

壱が一階の上方を指さした。

「トイレの窓っぽいな。おれ、あそこから入ってみる」

彼は晶水を振りむいて、

「石川は玄関にまわってチャイム押して。インターフォンがないから、きっと家の人が直接出てくるはずだ。道訊くふりとかして、なるべく長く引きつけといて」

「真巳子が出てくればいいけど」

晶水は眉を曇らせた。壱が顔をしかめて、

「いっしょに住んでるのって、真巳子の母親だけだろ？　八十近いばあちゃんらしいから、ふつうなら真巳子が出るはずだけど――ああ、でもどうかな」

いまそれどころじゃないかも、といやなことを言う。

「とにかく、おれ行くよ。ぐすぐずしてらんない」

「あんなちいさい窓から、だいじょうぶ？」

「へいき。頭さえ入る大きさなら、おれ肩の関節はずして入れるから」

壱は手を振った。

「石川、行って」

うなずいて晶水は玄関に走った。

ドアへつづく短い煉瓦(れんが)づくりのステップを駆けあがり、チャイムを押す。返事はなかった。しつこく何度も鳴らした。屋敷の中で、かん高い呼出音が反響している。

「宅配便でーす」

そう怒鳴ってみた。さらにチャイムを連打する。

横目でうかがうと、すでに壱は壁をよじのぼり、窓になかば頭を突っこんでいた。早く出て、と晶水は願った。じりじりと気ばかりあせる。

扉の向こうで、かたり、と音がした。ドアスコープから見えない死角に、晶水は素早く横跳びした。ドアノブがまわる気配がする。

扉が薄くひらいた。

狙(ねら)いすまして、晶水はローファーの爪さきをドアの隙間にねじこんだ。ドアチェーンはかけていないようだ。ほっとした。

扉に手をかけ、扉の向こうに立つ影を見おろした。

真巳子ではなかった。皺深い頬をした老婆だ。この季節にしてはやけに薄手の着物で、大儀そうに腰を曲げている。わずかに顔をそむけているが、右半面に赤痣がある。

家内はひどく暗かった。窓がないから陽が射しこまないのだ。電灯すらともっていない。まるでこの屋敷の中だけ、夜のとばりがおりているかのようだ。

「あの、すみません。道に迷っちゃって……」

そらぞらしい台詞を吐きかけて、晶水ははっとした。

――違う。

体内の警報が、さっきとは異なる音色で鳴りはじめる。本能が訴えかけている。この老婆は、違う。

鉄のタブレットで、辻堂の細君の写真画像を何葉か見た。何十年も前の写真であり、その上お世辞にも高画質とは言えなかった。それでも女の端整な目鼻立ちは、鮮明に見てとれた。

違う。いくら年月を経たとしても、あの女性は、いま眼前にあるこの顔にはならない。

「――あなた、誰？」

なかば呆然と晶水は言った。

即座に女は言葉の意味を悟ったらしい。顔が引きゆがんだ。

次の瞬間、晶水はあやうく叫びそうになった。喉もとまでこみあげた悲鳴を、意思の力で飲みくだす。

女は蛇のように鎌首をもたげた。

肩を揺する。曲がっていた腰が、ぐぐ、と伸びる。

老人ではない。目の前にいるのは、もっと、ずっと若い女だった。長身だ。目線が、晶水とさほど変わらない。

反射的に晶水は右手を伸ばした。ドアの隙間から、女の腕をつかんだ。

振りほどこうと女はあがいた。しかし晶水の指はゆるまなかった。逆に、ぎりぎりと締めつける。苦痛の呻き声があがった。

左手で晶水は扉をつかみ、こじ開けにかかった。事故で膝は壊れたが、いまだ握力には自信があった。現役時代の彼女は、測定でつねに成人男性並みの数値を叩きだしたものだ。

女がついに悲鳴をあげた。

内側からドアを押さえていた手がゆるむ。間髪を容れず、晶水は思いきり左足で扉を蹴った。同時に右手を離す。

重い扉にはねとばされ、女は勢いよく後ろへ倒れた。晶水が中へすべりこむ。

三和土に尻をついた女の体越しに、薄暗い邸内が見えた。長い廊下がある。リヴィングへつづく扉が開いている。その向こうに、美舟が倒れていた。壱が駆け寄っている。

晶水の頭に、かあっと血がのぼった。

世界が赤く染まる。視界が怒りで狭まる。

倒れている女の襟をつかみ、のしかかった。女が防御するように右掌をかざす。が、力まかせに平手で払った。はじめて女の眼におびえが走った。

「あの子に――トシに、指一本でも触れてたら」

唸るように晶水は言った。

「わたしの一生かけて、あんたに後悔させてやる。何年かけても、どんな手を使ってでも、あんたに、今日のこの日を後悔させてやるからね」

晶水の左手が鞭のようにしなり、女の右頬に打ちおろされた。鋭い音がした。女が声をあげる。恐怖と苦痛の入りまじった泣き声だ。

そのとき、晶水は気づいた。

利き手で襟首をつかんだまま、女の顔を指で乱暴に擦る。赤痣がみるみる薄れた。メイクだ。頬紅かなにか、赤黒い顔料で描いているのだ。

しかし皺は消えなかった。擦っても擦っても消えない。

目をこらし、晶水はぎょっとした。

――これは。

皺は、メイクではなかった。

刺青だ。

墨をぼかして、ほんものの皺そっくりの陰影で、皮膚へ直接彫りこんであるのだった。ひどく精緻な刺青だった。水を浴びせられたように晶水はぞっとし、思わず身を引いた。

刹那、めまいに似た感覚が襲う。

ほんのわずかの間、晶水はくらりとし、突如はっと目を見ひらいた。

そうだ。

そうだ――思いだした。

避難訓練があった、あの晩夏の日。

季節に似合わぬ小豆いろのコートに、スカーフを頭からすっぽりかぶった女がマムシ屋敷に入っていくのを、晶水は目の端で認めた。しかし、とくに気にとめなかった。皆と同じように、彼女の目も校庭で走りまわる暴走族のバイクに釘付けになっていたからだ。

制止しようと右往左往する教師たちが面白いのか、バイクの群れはなかなか出ていこうとしなかった。

騒ぎをよそに、やがてマムシ屋敷からひっそりと人影があらわれた。

先刻の客と同じく、小豆いろのコートを着ていた。だが、老婆だった。スカーフはしていない。腰をほぼ直角に曲げ、手押し車にすがるようにして、老婆はのろのろと視界を横切っていった。

行きは若い女で、帰りは老婆の姿——。

晶水と同様、高台にいた生徒たち数人はそれを視認した。が、主だった意識は校庭のバイクにばかり向いていた。目撃していても、その光景の意味を知覚した者は、その場にひとりもいなかった。

あの日、あの屋敷で、いったいなにがあったというのか。

「……あんたが、殺したの？」

ささやくように、晶水は問うた。

女が唇をゆがめる。嘲笑っているようにも、泣いているようにも見えた。晶水は女に顔を寄せ、胸倉をつかんで揺さぶった。

「誰を、何人殺したの。あんたいったい、誰？」

——誰？

「石川！　石川、もういい」

肩に手をかけられ、はっとした。

「涌井は無事だ。一一〇番もした。もう、いいから」

壱だ。

晶水は体から力を抜いた。胸倉をつかんでいた腕がゆるむ。途端、女が身をよじり、晶水の手に着物だけを残してするりと逃げた。

声を出す間もなかった。女は腰巻ひとつの姿で廊下を走り、閉ざされていた雨戸を開けはなった。

光が射しこむ。突然降りそそいだ陽光に、視界が一瞬白く眩んだ。

晶水は目をすがめた。

あらわになった女の背いちめんに、あざやかな大蛇が見えた。

釣鐘へ幾重にも巻きつき、真っ赤な炎を吐いている。清姫だ。美貌の僧、安珍を追って、清姫が蛇と化した図柄であった。

女は硝子戸を開け、迷わず下へ飛びおりた。刺青を背負った白い背中が落ちていくのが、やけにゆっくりと見えた。

壱が窓へ走った。

金縛りがとけたように、晶水もわれにかえって駆け寄る。

窓から下を覗きこむと、藪があった。枯れ草をかき分けて半裸の女が走っている。飛びおりた拍子に傷めたのか、片足を引きずっていた。

「追わなきゃ」

「いいさ」

壱がかぶりを振った。

「あの足じゃ、どうせこの山はおりらんないよ。じき警察が来るからまかせよう」

「あの刺青。……あの女は、辻堂真巳子なの？　でも」

「違うよ」

しわがれた声がさえぎった。

美舟だ。首を絞められたらしく、苦しげに喉を押さえている。白い喉もとに、女の指の痕がくっきり残っていた。

美舟は咳きこみながら、

「あれは、辻堂真巳子じゃない。おばあさん――じゃなくて、その母親でもないよ。あの女は、自殺したなんとかっていう、刺青師の助手だって。自分でそう言ってた」

と告げた。

「刺青師って、ええと、二代目ホリヒサ？」壱が言う。

「かな。たぶんその人」

鉄の話に、何度か出てきた名だ。鉄の背中に刺青をほどこした初代彫久の息子、そして白骨死体事件の犯人だと長らく思われていた男である。

「でも助手は、殺されたんじゃ」

晶水が言う。

美舟は首を振って、

「殺されたのは、真巳子とその母親のおばあさん。あの女は顔の刺青を利用して、おばあさんのふりをして何年もここに住んでたみたい」

もともと辻堂家は近隣とまったく付きあいがなかったという。この薄暗い邸内に閉じこもって、顔に赤痣を描き、腰を曲げて暮らしてさえいれば、まわりの目をしのいでいけたということか。では何度か目撃された「帰ってきた真巳子」の姿は、あの女の一人二役か。

「誰が彫ったの。あんなひどい――皺の、刺青」

ぶるっと晶水は身を震わせた。

美舟が抑揚なく答える。

「よくわからないけど、たぶんその二代目なんとかだと思う。ずっと『あいつのせいだ、あの女が、あたしの男に手を出したからだ』って、ぶつぶつ言ってた」

けたたましいパトカーのサイレンが、近づいてきていた。

6

右足を折った女は、約一時間後に警察に捕縛された。

女は二代目彫久の助手兼、内縁の妻であった。

「あんたみたいな背の高い色白の女は、刺青がなにより映える」

と口説かれ、二代目お得意の鱗もの——安珍清姫の刺青を、女はみずからの背に彫らせたのだという。

その後は彼女本人が刺青の魅力にとり憑かれ、ついには技術を覚えて二代目彫久の助手となってしまった。しかも晩年の彫久は酒びたりで仕事にならなかったため、ほとんどの作品は彼女が手がけていたということだった。

「わたしたちはそれで、うまくいっていたんです。でもある日、あの女があらわれました」

淡々と彼女は供述した。

あの女とは、辻堂真巳子のことだ。

彼女もまた、彫久好みの長身だった。気がついたときには、すでに真巳子と彫久の間には男女の関係ができあがっていた。

「でも、それはまだ許せました。――勘弁ならなかったのは、夫があの女にも、わたしと同じ安珍清姫を彫ったことです」

と女は、刑事の前でいまだ冷めぬ怒りに顔をゆがめたという。

しかも残酷なことに、真巳子の刺青の仕上げを、夫は助手である彼女にまかせた。酒毒で手が震え、細部の針づかいに自信がなかったからである。

女は怒りにまかせ、真巳子の刺青に細工をした。

刺青にはいくつかのジンクスがある。

たとえば龍虎や、蛇と蛙と蛞蝓（なめくじ）の三すくみ等、永遠に争う図柄をひとりの背中に彫りこむと当人が消耗して死んでしまう。数珠や蛇など体に巻きつく図柄は、腋（わき）の下や胸の間などに白いところを残しておかないと刺青に絞（し）め殺されてしまう、等々である。

二代目彫久の助手をかって出ただけあって、女はそのジンクスをよく知っていた。知っていて、大蛇を真巳子の体にぐるりと一周、わずかの切れ目もなく彫り入れた。

それを知って、彫久は激怒した。

自分の女にいやがらせをされたからではない。

彫久の名を汚されたからだった。

「いま思えば、わたしのやったことは、あのひとの最後のプライドを打ち砕いたのかもしれませんねえ」

どこか他人事のように女は言った。

二代目彫久はいつまでも高名な初代と比べられ、「あいつはまだまだだ」と周囲に認めてもらえずにいた。不満とプレッシャーから彼は酒に逃げ、仕事はいつしか助手の女にまかせきりとなっていた。

仕事の放棄は、彼にとってなにより大きな逃避だった。いつまで経っても初代ほどの腕にならない？　あたりまえだ。だっておれが彫っているんじゃあないからな、と言いわけができた。第一この酒毒にまみれた手で、いまさらいい仕事なぞできるものか、という忸怩たる思いもあった。

周囲への怒り。父親としての初代彫久への恨み。刺青師としての嫉妬。なにより強い、己への嫌悪と苛立ち。

そのすべてを、彼は内縁の妻である女にぶつけた。

「火の玉みたいに怒ったあのひとは、わたしを縛りあげて、『殺してやる』と言いました。いいえ、命を絶とうってんじゃありません。もっとひどい——女として、殺してやるという意味でした」

顔いっぱいに彫られた皺の刺青を指でなぞって、

「見てください。すばらしい出来でしょう。皮肉なもので、最後の最後に、あのひとは一世一代の傑作を残していきました。わたしにこの皺を彫っている間は、不思議と手の震えも止まっていましたっけねえ」

と言った。

その後、彫久は、

「おれの腕で、ひとひとり殺した。後悔はしていないが、もう生きてもいられない。借金かえせず、すまない」

と知人宛の書き置きを残し、家を飛びだした。

のちに書き置きを目にした誰もが、これは殺人を自白しての遺書に違いないと思った。

しかし彼は「この手で殺した」とは書いていない。

彼は「おれの腕で殺した」と書きしるした。二代目彫久は、その腕前で女の人生をひとつ破壊して去ったのだ。

やっとの思いで縄をほどいた女は、すでに彫久が家を出たことを知った。

彼女は悲しみ、怒り狂い、辻堂家に向かった。きっと夫は真巳子のもとにしけこんだのだ、そう思った。

「それからのことは、よく覚えていません。え？　いえ、殺したのは確かです。真巳子と、いっしょにあの家にいた母親をわたしは殺しました。でもぜんぶ、夢の中のことみたいにも思えるんです。ええ、意外とかんたんでした。真巳子は最後まできょとんとして、なぜわたしに殺されるのかわからない、って顔で死んでいきましたっけ」

ふたつの死体を前に、女はしばし放心していた。

しかし、やがて「帰らなければ」という思いが衝きあげた。夫がアパートに戻ってくるかもしれない。そうしたらやさしく出迎えて、今度こそやり直さなければ、と思った。

しかし外には子供たちが大勢いた。

わたしがこの家に入っていくところを、きっとあの子たちは見ただろう。このまま出ていって死体が見つかったなら、わたしが殺したとすぐに知れてしまう。

そのときふと、女は壁の鏡を見た。

老婆が映っていた。

女はしばし棒立ちになり、そして笑った。そうだ、いまのわたしはおばあちゃんじゃないか。老婆の住む家から老婆が出ていって、なんのおかしいことがあるというのか。

子供たちがバイクに気をとられているうちにと、彼女は口紅で右頬に赤痣を描き、腰を曲げて屋敷を出た。そしてアパートに帰り、彫久の帰りを待った。

空が白み、朝になっても彫久は戻ってこなかった。

女は忽然（こつぜん）と「ああ、あのひとはもう二度と帰ってこないのだ」と悟った。

彼女はひとしきり泣き、朝靄（あさもや）が煙る町を抜けて辻堂の屋敷へ戻った。

ふたつの死体をあのままにはしておけないと、それだけが頭にあった。が、保身の念はすでに消え去っていた。

唯一無二の夫を失った女をふたたび衝き動かしたのは、やはり怒りと恨みであった。殺しても飽き足りないとはこのことだ、と彼女は思った。まだ足りない。ほんのすこしも気が済まない。

あの死体を——あの刺青を、きれいなままになどしておくものか。

死体はまだ発見されていなかった。朝刊もまだ配達されぬ時刻だった。女は邸内へ入り、内側からしっかりと施錠した。そうして真巳子の死体を風呂場に引きずっていき、上半身と下半身をまっぷたつに切断した。

証拠隠滅の解体処理として切り離したのではない。「刺青のあるほう」と、「ないほう」を切り分けただけだ。

刺青のない下半身には興味がなかった。真巳子の刺青に、女はぐちゃぐちゃに墨を入れ、安珍清姫の図柄を破壊した。

「あたしの真似をするから、あたしにとって代わろうとするから、こんな目に遭うんだよ」

「あんたなんかに、この清姫が背負えるもんか」

「こうしてやる、こうしてやる」

ぶつぶつつぶやきながら、女は安珍清姫を完全に墨でつぶしてしまった。ようやく、すこしだけ溜飲がさがった。

彼女は彫久の遺書を知人宛に送った。彼の犯行に見せかけるつもりはなかった。ただ知人宛と書かれていたから送ったまでだ。

女は屋敷にこもり、黙々と死体にかまけた。ごくまれに来客があったときは、顔に赤痣を描き、屋敷の女主人のふりをして扉越しにのみ応対した。幸か不幸か、髪はここ数日でひどく白髪が増えていたため、染める必要はなかった。

刺青のない真巳子の下半身は放置し、なかば骨になってから「お望みどおり、蛇は藪で這っていな」と投げ捨てた。

「巳の年巳の月、巳の日巳の刻生まれの女だから、蛇を彫るのがあたりまえ」

と生前に辻堂真巳子が啖呵を切ったことを、女はよく知っていた。

上半身はさんざん嬲った末、母親の死体とともに裏庭や山に分散して埋めた。なにしろ、まわりはぐるりと辻堂家の私有地だ。捨てる場所と時間には事欠かなかった。

　やがて捜査員がやって来た。

「警察のみなさんは、藪の白骨が真巳子のものであるかどうか知りたいようでした。DNA鑑定のため櫛についた髪か、歯ブラシかを提供してくれと請われたので、わたしは自分の使った歯ブラシを渡しました」

　悪びれず女はそう白状した。当然ながら歯ブラシのDNAは白骨とは一致せず、また親子関係も認められなかった。

　彫久が遠い地で自殺していたことが判明したのは、DNA鑑定の結果が出るのとほぼ同時だった。知人に送付した遺書と、内縁の妻の失踪とを照らしあわせ、警察は「彫久の犯行でほぼ間違いあるまい」と断定し、捜査本部を縮小した。

　そのころ、女はなかば正気を失いつつあった。

　それもそうだろう。若い体に、老婆の顔。愛人は失踪し、己は人をふたり殺め、誰とも触れあわずただ死体を解体するだけの日々――。まともでいられるはずもなかった。

　保身の念も、隠蔽しようという気力も、おびえもなかった。その淡々とした態度が、警察の目をくらませた。

　誰もこの〝老婆に見える女〟を疑わなかった。いや、相手にもしなかった。警察が去ってから、女は真巳子の頭蓋骨を枯れ井戸に投げ捨てた。

陽の射さない屋敷での孤独な暮らしは、狂気の培養にうってつけであった。

そうして六年が経った。

この年、晩秋の台風で枯れ井戸に雨水が溜まり、棄(す)てたはずの頭蓋骨が浮いてきたのを女は発見した。

「ちょうど己巳(つちのとみ)の日でした」

女は言った。

「腹が立ちました。まだ成仏しない気なのかと。それで化けて出たつもりかと、頭蓋骨を踏み割ってやりました」

かけらは以前と同じく藪に撒いた。

ボール拾いに入った男が骨を発見し、ふたたび捜査員が立ち入った。その捜査員たちの姿がかつての子供たちの記憶を刺激し、のちの悪夢につながることなど、むろん女には知るよしもなかった。

そして何度も屋敷まわりを訪問した美舟を見て、そのすらりとした長身のスタイルに、

「真巳子が生きかえった」

と女が激昂(げっこう)したことも、やはり当の美舟には知りようもない話であった。

女は近ぢか簡易精神鑑定を受ける予定だという。しかし誰の目にも心神喪失状態にあり、起訴できる見込みは薄い、とのことであった。

7

美舟はふたたび病院で精密検査を受けた。

今回は即日退院が認められず、病室に一夜泊まることとなった。付き添いには、晶水が志願した。

警察の事情聴取の都合もあり、美舟には個室が与えられた。

消灯時間となり、ベッドサイドのライトだけがオレンジにともる病室で、美舟はぽつんと言った。

「あたし、湿疹がいちばんひどかったとき、お山の神社までお水をもらいに行ったことがあるんだよね。ほら、例の〝ありがたいお水〟ってやつ」

晶水は黙っていた。

美舟が話しつづける。

「あの頃、うちのおばあちゃんが惚けちゃってさ、おかあさん、店があるのに介護もしなくちゃならなくて。あたしの世話まで手がまわらないってこと知ってたから、なんとかならないかと思って行ったの」

そこで美舟は、辻堂の奥さんに会ったのだという。つまり、真巳子の母親だ。

顔半面に赤痣こそあったものの、上品で凜とした老婦人だった。

彼女は空き壜に水を汲もうとしていた美丹を制して、

「そんな水にご利益なんかありませんよ。黴菌だらけだから、やめなさい」

と邸内に連れ帰ってくれ、薬を塗ってくれた。

美舟は礼を言い、「いいおうちですね」とお世辞を言った。家業を営んでいる娘の常で、彼女は幼いころから如才ない口のききかたを心得ていた。

しかし老婦人は苦笑し、

「こんな家、早く出ていけばよかった」

と言った。

指でつと赤痣に触れて、

「女がこんな顔じゃあどこにも行けないと思ってたけれど、この歳になってみれば顔の美醜なんてどうということもないわ。もっと早くに、それがわかっていたらね」

ひどくさびしい口調だった。美舟は口をつぐんだ。

「あなた、いくつ？　小学生よね」

美舟が答えるのを待たず、老婦人は吐息をついた。

「わたしにもね、娘がいたのよ」

過去形だった。

「でももういないの。いても、いないようなもの。……わたしはね、娘じゃなくて、夫のための若い後妻を産んだのよ」

意味がわからず、美舟はただ彼女の横顔を見あげた。

それからなにを話したのかは、よく覚えていない。ただ、打ちあけ話をしたような記憶はおぼろげにある。かまってくれない親への愚痴。と同時に、忙しいとわかっていて親に不満を抱いてしまう自分への苛立ち。

辻堂夫人は黙って聞いてくれた。

そうして最後に、

「また来てね」

と言ってくれた。

しかしそれきり美舟はその屋敷を訪れなかった。お山の神社へ行くこともなかった。老婦人との邂逅は、いつしか記憶の襞の奥にしまいこまれてしまった。

「――でも、夢をみてるうち、思いだしたの」

病室のベッドに横たわった美舟が言う。

「あたし、てっきり真巳子が犯人だと思ったんだ。だとしたらあのおばあさんが危ないんじゃないか、ううん、もう生きてないんじゃないかって、怖くなった。それで、いてもたってもいられなくて」

だから彼女は、何度もあの高台を訪れたのだ。まさか真巳子と見間違えられることになるとは、ゆめにも思わずに。

「おばあさん、殺されちゃったんだって」

美舟が低く言う。

「そうみたい」

晶水はうなずいた。

「……結局、どこへも行けずじまいだったんだ」

美舟は寝がえりを打ち、顔をそむけた。

「どうしてあたし、あれきり会いに行かなかったんだろう。『また来てね』って言われたのに。おばあさん、あんなにさびしそうだったのに。どうして――」

低い嗚咽が響いた。肩が震えだす。

晶水は手を伸ばし、そっと美舟の髪を撫でた。
窓の外には、濃くやさしい闇が静かに広がっていた。

エピローグ

「カツラ先輩たちも、あの夢、みなくなったってさ」

あいかわらず埃くさい北校舎の壁にもたれ、壱はそう言って笑った。

「暴走族もドーロコーツー法違反かなんかで逮捕されて、静かになったらしいしさ。これで一件落着じゃないかな。まあ布留川先輩と涌井以外は、もともとそんなに差しせまって困ってたわけでもないけど」

「だね」

晶水は同意した。

夢に罪悪感をともなっていたのは、布留川と美舟だけだった。晶水にとってもあれは「怖い夢」ではあったけれど、心身を削るほどの悪夢にはなりえなかった。

夢とはほんとうに、個人的なものなのだ。同じ素材で、似たような内容ではあっても、みる者の心の状態によってまるで異なるものになってしまう。

「あのさ」

壱がすこし言いよどんで、

「石川、訊いていい？」

決然と顔をあげた。

「あの松岡ってやつの、言ってたことなんだけど」

う、と晶水はわずかにたじろいだ。

ついに来たか、という気分だ。だがしかし、ここは正直に説明せねばなるまい。あまり口にしたくない話ではあるが、このまま壱に誤解されつづけて気まずい日々を送るのはいやだ。

壱が言いにくそうに、

「――『自分より背の低い男は論外』って、ほんとにあの松岡ってやつに言ったの？」

と言葉を押しだす。

「言ってない」

晶水はきっぱり否定した。

「……こういうこと、自分からあんまり言いたくないんだけど」

眉をひそめつつ、しぶしぶ彼女は話した。

中学三年の夏、松岡健太に告白されたこと。気持ちがないので断ったところ、

「なんでだよ、おれがおまえよりチビだからか？　そうなんだろ！　チビと並んで歩くのはみっともないとか思ってんだろ！」

と彼が怒りだし、否定しても否定しても聞き入れてくれなかったこと。なんとか言葉を尽くしてわかってもらったつもりだったが、週明けに登校すると、すでに松岡に言いふらされたあとであったこと、等々——。

すべて聞き終えたあと、

「なんだよそれ」

呆れたように壱が言った。

「ひがみっぽいやつだなー。モテねえわけだ」

とそこまで言ってから、

「って、おれも人のこと言えねーな！　ここんとこ、めいっぱいひがんでいじけてたもん。石川、ごめん！」

腰が直角になるまで、ばっと頭をさげた。

「いいよ、やめてよ」

視線を泳がせ、晶水が「頭なんてさげなくていいから」と手を振る。

「身長なんて、そんなのどうでもいいんだって。わたしのほうが平均よか高すぎるんだし、それでいいとかいやとか言ってたらきりないし」

「じゃあどういう男がいやなの」

壱が追撃してくる。

晶水はすこし考えて、

「会話が成立しない相手は、困るかな。あと他人の悪口ばっかり言ってる人も好きじゃない」

と答えた。これで勘弁してくれという思いだったが、

「じゃあさ、じゃあ好みのタイプは？」

と壱は、好機とみてか追及の手をゆるめない。

「やっぱバスケが条件？　石川、ケビン・デュラントのファンだもんな。あんなふうにオフェンス力の高いやつ？　そんでもってディフェンスもこなすやつ？　デュラントくらい巧くないと問題外？　眼中にない？」

「そんなことないよ」

晶水は目をそらしたまま、

「でも、ま、どっちかって言えば……バスケが好きなほうがいいかも」

ともごもご言った。

途端に壱が目を輝かせる。

「おれ、バスケ大好き！　そんで、わりと巧いほうだと思う、たぶん！」

いや、山江めちゃくちゃ巧いじゃん、と言いかけて晶水はやめた。

そりゃあＮＢＡの選手には劣るが、県内屈指の選手であることは間違いない。それどころか、おそらく全国でだって通用するだろう。しかしいまそれを口にするのは得策でない気がした。

一転して上機嫌になったらしい壱が、

「けど石川は、バスケだけじゃなくて殺し文句もうまいもんな」

とにこにこ言う。

晶水はきょとんとした。

「は？　なにそれ」

「だってメールしてきたじゃん、『頼っていい？』って。おれ以外思いつかない、って」

壱が笑った。

「好きな子にあんなこと言われたらさ、男は、なんでもしちゃうって」

「……そんなの送ったっけ」

晶水はとぼけた。そういえば送った記憶もないではない。が、認めるのはあまりに気恥ずかしかった。第一、そんなつもりで送ったのではない。あのときはただ、美舟を心配する一心だった。

しかし壱はごまかされてはくれなかった。

「送ったよー。おれ覚えてるもん」

履歴もあるぜ、見る？　と追いうちをかける壱に「いい」と晶水は断固と首を振った。これ以上は本気で無理だ。いまこの状況でそんなメールを見せられたら、羞恥で悶死しそうだった。

ここは話題を変えるべく、

「そういえば山江って、クリスマスどうすんの」

と訊いてみる。

壱は頭の後ろで腕を組んだ。

「んー、まだ決めてない。誰かに誘われたらそっち行くし、誘われなかったら家でばあちゃんとケーキ食べるかな」

「そっか」

晶水はちょっと息を吸いこんで、

「トシがさ、もしよかったら『わく井』の奥座敷を貸切にして、そっちの三人組といっしょに六人でイヴ過ごさないかって言うんだけど」

となかば棒読みで一気に言った。

壱の眼がさらにきらきらと輝く。

「やった、行く行く！」

派手に飛びあがって喜んでから、急に声をひそめて、

「ここだけの話だけどさ、タクのやつ、涌井に気があるっぽいぜ」

「えっ」

予期せぬ台詞に、晶水は本気で驚いた。

等々力拓実の顔が、ほわっと脳裏に浮かぶ。

――等々力かあ。

ちょっと軽そうだけど、やさしいし成績も上位だし、けっこうアリかな、と思う。いままでそういう目で見てこなかったから気づかなかったが、そういえばルックスもけして悪くない。背丈だって、美舟と並んだらちょうどよさそうだ。

「じゃ、気を使ったほうがいいのかな」

と考えこむ晶水に、壱が答える。

「涌井がいやじゃなきゃね。勝手にゴリ押しすんのヤだし」

「そこはだいじょうぶだと思う。トシ、人あたりはいいけど、いやなときはきっぱりいやって意思表示する子だから」

「ん。ならいっか」

壱がうなずくと同時に、予鈴が高らかに鳴り響いた。

あと五分で昼休みは終わりだ。晶水は壱の背中をかるく押して、

「もう行こ。そっち次、数学でしょ。あの先生遅刻に厳しいから、早く戻ったほうがいいよ」

と言った。

なぜか壱が、大きな目をまんまるくして彼女を見あげている。

「どしたの」

壱が言う。

「なにが」

と晶水は訊きかえす。壱がへらっと笑って、

「なんか今日の石川、やさしい」

と言った。

そして晶水がなにか答える前に、

「そっか、鉄じいの言ってた『押してだめなら引いてみろ』って、こういうことなんだな
——」

と、ひとり納得したようにうんうんとうなずく。

晶水は慌てた。

「なにそれ。ちょっと山江、鉄さんになに言ったの」

「だから男同士（オトコドーシ）の話だってば」

悪びれずにしれっと言って、「じゃね」と壱が身をひるがえす。止める間もなく、軽やかに廊下を駆けていってしまう。

あと半月もすれば冬になる。冷たい風が、校庭の記念樹を揺さぶる。

薄くひらいた窓から、湿った雨の匂いが吹きこんできた。

引用・参考文献

『在りし日の歌―中原中也詩集』　中原中也　角川文庫クラシックス
『脳は眠らない　夢を生みだす脳のしくみ』　アンドレア・ロック　伊藤和子訳　池谷裕二解説　ランダムハウス講談社
『刺青の民俗学　歴史民俗学資料叢書4』　礫川全次　批評社
『土俗とイデオロギー　歴史民俗学資料叢書解説編』　礫川全次　批評社
『刺青殺人事件』　高木彬光　ハルキ文庫
『いれずみの文化誌』　小野友道　河出書房新社
『妻を帽子とまちがえた男』　オリバー・サックス　高見幸郎　金沢泰子訳　晶文社

この作品は書き下ろしです。原稿枚数３１０枚（４００字詰め）。

幻冬舎文庫

●最新刊
不機嫌なコルドニエ
靴職人のオーダーメイド謎解き日誌
成田名璃子

横浜・元町の古びた靴修理店「コルドニエ・アマノ」の店主・天野健吾のもとには、奇妙な依頼ばかりが舞い込んでくる。天野は「靴の声」を聞きながら顧客が抱えた悩みも解きほぐしていく。

●最新刊
一番線に謎が到着します
若き鉄道員・夏目壮太の日常
二宮敦人

郊外を走る蛍川鉄道・藤乃沢駅の日常は、重大な忘れ物、幽霊の噂、大雪で車両孤立など、トラブルだらけ。若き鉄道員・夏目壮太が、乗客の笑顔のために奮闘する！　心震える鉄道員ミステリ。

●好評既刊
土井徹先生の診療事件簿
五十嵐貴久

事件の真相は、動物たちが知っている⁉　いつでも暇な副署長・令子、「動物と話せる」獣医・土井先生、先生のおしゃまな孫・桃子。――動物にまつわるフシギな事件を、オカシなトリオが解決！

●好評既刊
へたれ探偵　観察日記
椙本孝思

対人恐怖症の探偵・柔井公太郎と、ドS美人心理士の不知火彩音が、奈良を舞台に珍事件を解決する！　人が苦手という武器を最大限生かしたへたれ裁きが炸裂する新シリーズ、オドオドと開幕。

●好評既刊
重犯罪予測対策室
鈴木麻純

小日向響は、「重犯罪予測対策室」の内部調査を命じられる。事件を未然に防ぐべく集まった面々は対人恐怖症や政治家の我がまま息子など問題児ばかり。予測不能なエンターテイメント小説！

幻冬舎文庫

●好評既刊
ペンギン鉄道　なくしもの係
名取佐和子

電車での忘れ物を保管する遺失物保管所、通称・なくしもの係。そこを訪れた人は落し物だけではなく、忘れかけていた大事な気持ちを発見する……。生きる意味を気づかせてくれる癒し小説。

●好評既刊
パティシエの秘密推理
お召し上がりは容疑者から
似鳥　鶏

警察を辞めて、兄の喫茶店でパティシエとして働き始めた惣司智。鋭敏な推理力をもつ彼の知恵を借りたい県警本部は、秘書室の直ちゃんを送り込み難解な殺人事件の相談をさせることに——。

●好評既刊
正三角形は存在しない
霊能数学者・鳴神佐久に関するノート
二宮敦人

女子高生の佳奈美は、霊が見たいのに霊感ゼロ。「見える」と噂の同級生に近づくと、彼の兄は霊現象を数学で解説する変人霊能者だった。まさかの結末まで一気読み必至の青春オカルトミステリ。

●好評既刊
「ご一緒にポテトはいかがですか」殺人事件
堀内公太郎

アルバイトを始めたあかり。恋した店長札山は連続殺人事件との関係が噂されていた。疑いを晴らそうと、殺人鬼の正体に迫るあかりだが——。恋も事件もスマイルで解決!?　お仕事ミステリ！

●好評既刊
クラーク巴里探偵録
三木笙子

人気曲芸一座の番頭・孝介と新入り・晴彦は、贔屓客に頼まれ厄介事を始末する日々。人々の心の謎を解き明かすうちに、二人は危険な計画に巻きこまれていく。明治のパリを舞台に描くミステリ。

ドリームダスト・モンスターズ

眠り月は、ただ骨の冬

櫛木理宇

平成27年5月15日　初版発行

発行人――石原正康
編集人――袖山満一子
発行所――株式会社幻冬舎
〒151-0051東京都渋谷区千駄ヶ谷4-9-7
電話　03(5411)6222(営業)
03(5411)6211(編集)
振替00120-8-767643
印刷・製本―中央精版印刷株式会社
装丁者――高橋雅之

幻冬舎文庫

ISBN978-4-344-42339-8　C0193　く-18-3

幻冬舎ホームページアドレス　http://www.gentosha.co.jp/
この本に関するご意見・ご感想をメールでお寄せいただく場合は、
comment@gentosha.co.jpまで。